Wolfgang Felten · Die Sammlerfalle

Wolfgang Felten ist Herausgeber und Co-Autor des Buches »Das Erbe Asiens. Skulpturen der Khmer und Thai vom 6. zum 14. Jahrhundert« und Verfasser zahlreicher Beiträge zum Thema Kunst. Er sammelt seit den Siebziger Jahren südostasiatische Skulptur und zeitgenössische Kunst.

Wolfgang Felten

Die Sammlerfalle

Kunst – Sammeln – Reisen

Erzählung

Originalausgabe
© 2009 Buch&media GmbH, München

Ungekürzte Taschenbuchausgabe
Januar 2011
Umschlaggestaltung: Kay Fretwurst unter Verwendung einer
Tuschearbeit von Eduardo Chillida
Herstellung: BoD – Books on Demand
Printed in Germany · ISBN 978-3-86520-386-1

Für Anna und Laura

Inhalt

Die Sammlerfalle · 9

Der merkwürdige Patient · 16

Khmer – Die erste Affäre · 29

Das falsche Schamdreieck · 37

Burma – wundersame Welt · 51

Balinesische Verirrungen · 60

Thailand etwas anders · 71

Zeitgenössisches Stolpern · 76

Fälscherkunst · 92

Kambodschas langer Weg · 104

Das römische Pferd · 121

Sockel und Rahmen · 126

Afrika – Das Ende der Wunderkammer · 133

Geliebte Rini · 141

Phantomschmerz und Fehler · 143

Wiedervereinigung · 156

Neue Formen, altes Spiel · 165

Die Sammlerfalle

Es war das bedeutendste Kunstwerk der Welt. Mit Abstand. Der Einzige, der das wusste, war ich.

Ein Buddha-Köpfchen, Bronze, circa fünf Zentimeter hoch, Marktwert – wenn überhaupt – etwa Zweihundert D-Mark.

Einen Picasso als Tauschobjekt hätte ich abgelehnt, nachdenklich wäre ich allenfalls bei einem Schlüsselwerk von Mark Rothko geworden …

Ich hing, zappelnd, aber glücklich, in der Sammlerfalle. Ohne es wirklich zu merken, und hätte ich es bemerkt, hätte es ohnehin nichts geändert. Man schrieb das Jahr 1975.

Was es wirklich bedeutet – das Sammeln –, ahnte ich damals noch nicht, und noch heute scheint mir eine umfassende und schlüssige Darstellung dieses seltsamen Phänomens fast unmöglich. Eins jedoch ist sicher: Es als naive Freude an schönen Dingen, als Verschrobenheit oder nebensächliche Marotte zu vermuten, wäre zu kurz gesprungen. Denn dazu sind tiefenpsychologische Aspekte zu naheliegend, sind wirtschaftliche Voraussetzungen und Folgen zu evident – ebenso wie die gesellschaftlichen Auswirkungen des Sammelns, seine Bedeutung für den sozialen Status und das Selbstverständnis des Sammlers.

Theoretische Abhandlungen über diese Fragen gibt es inzwischen viele. Sie zu lesen, mag für den Spezialisten (oder diejenigen, die in der Sammlerfalle sitzen) informativ und hilfreich sein. Für den aber, der etwas weniger befangen ist, kann vielleicht ein eher persönlicher und anekdotischer Zugang die Antwort auf die naheliegende Frage erleichtern: »Warum um Himmels willen macht man das?«

Deswegen also zurück zum bedeutendsten Kunstwerk der Welt.

Angefangen hatte es eigentlich schon ein halbes Jahr vorher: mit einem Knall. Wie ein Pistolenschuss mit schlechtem Schalldämpfer.

Von den Nebenplätzen kamen die Mitspieler, um mehr oder weniger ratlos auf eine weißgrüngesichtige Tennishoffnung zu starren, die sich am Boden wälzte. »Fest auftreten«, war der Ratschlag eines Amateurmediziners, der mich fast zum Mörder hätte werden lassen. Der Heilungserfolg für meine gerissene Achillessehne wäre jedenfalls nicht nachhaltig gewesen. Mein Partner, von kleiner Statur, aber großem Spielwitz, hatte mir trotz seines höheren Alters ebenso süffisant wie wirkungsvoll meine sportlichen Grenzen aufgezeigt.

Zwei Wochen Klinik, sechs Wochen Gips: Oktoberfest und Skiwinter hatten sich erledigt. Ich war, wie so oft, der Versuchung erlegen, Können durch Enthusiasmus zu ersetzen und jämmerlich gescheitert.

Kurze Zeit vorher hatte ich in einer heute zu Recht nicht mehr existierenden Galerie für überflüssige Exotismen einen burmesischen Buddha entdeckt, den ich durch eine Kombination von Blutspenden und Darlehensaufnahme finanzieren wollte. (Ich war hoffnungsvoller, aber mittelloser Junganwalt und etwa sechsundzwanzig Jahre alt.)

Der Achillessehnenriss war rettendes retardierendes Moment: Das Krankenhaus gab mir die Chance, dem Thema »Südostasiatische Skulptur« zumindest in Ansätzen näherzukommen. Alles, was an Bildbänden greifbar war, wurde in Zimmer neunzehn des Krankenhauses der Barmherzigen Brüder aufgehäuft und bewies, dass mein Kauf ein Desaster gewesen wäre.

Der wie ein Mantra wiederholte mütterliche Satz »Junge, wer weiß, wofür es gut ist« hatte sich bestätigt. Zumindest in diesem Fall. Er sollte durch die weitere Entwicklung noch nachdrücklicher belegt werden.

Man konnte vor Qualm kaum seinen Nachbarn sehen. Zigaretten, Zigarren und Pfeifen vernebelten die alte Röhre der 727, des einzigen Flugzeuges der »Montana Air«. Diese war ein überaus ephemeres Phänomen: das Management Buy-out eines Piloten und seiner Stewardessen, dessen Lebensdauer etwa zwei Monate betrug. Es transportierte eine Horde qualmender, trinkender, krakeelender Fluggäste nach Bangkok. Darunter mich.

Bert M., ein entfernter Freund und Lebenskünstler, gelegentlich auf Kosten anderer, hatte von meinem Schicksal erfahren und mir zwingend nahegelegt, angesichts der verlorenen Skisaison stattdessen an der ersten »Royal Thai Windsurfing Championship« in Pattaya, dem thailändischen Sündenbabel teilzunehmen. Es war eine der ersten internationalen Windsurf-Regatten in Asien, dazu noch unter dem Patronat des thailändischen Königs.

Der günstige Flug, die vermutete Sünde und meine damalige Windsurfleidenschaft waren Argumente genug. Ich war dabei.

Die Maschine der Montana Air brauchte nach

Bangkok relativ lange, da sie bei den zwei Zwischenstopps wegen unbezahlter Treibstoffrechnungen sequestriert und nur nach zähen Verhandlungen freigegeben wurde. Kurz vor unserem Rückflug ging die »Fluglinie« in Konkurs.

Pattaya war Sündenbabel, im Vergleich zu heute allerdings eher ein gemütliches Sündendorf. Aufgrund bürgerlicher Moralvorstellungen und beschränkter Mittel war ich gegen seine Versuchungen überwiegend gefeit. Die Regatta beendete ich unter zwanzig Teilnehmern auf dem achtzehnten Platz, nicht zuletzt deswegen, weil sich mein blutiger Verband in den Wellen regelmäßig löste und bei den notwendigen artistischen Wendemanövern nicht wirklich hilfreich war. (Außerdem hielt ich immer nach Haifischen Ausschau, die ich anzulocken fürchtete.)

Nach vier Tagen war unser Bedarf an »Sanuk« (thailändisch: Spaß) und »happy-go-lucky« gedeckt. Ein Trüppchen von vier Kulturbeflissenen machte sich auf, den Rest Thailands zu erobern.

Höhepunkte dieser Reise gab es zwei: Die Silvesternacht auf dem Bordstein vor dem Playboy-Club in Chiang Mai – spitze Papphüte auf dem Kopf, zwei Flaschen Champagner in den Händen (deren

Kosten die Reiseplanung nachhaltig verkürzten) und Glück im Herzen. Die Geräusche, die Gerüche, die unendliche Zahl faszinierender (wie ich glaubte) weiblicher Wesen und der Champagner vermischten sich zu einem Gebräu, das mich ein für alle Mal euphorisierte.

Und dann ein mystischer Moment: Fünfunddreißig Grad im Schatten, gleißende Sonne, ein staubiger, menschenleerer Tempelplatz und in seiner Mitte das Wat, ein Tempel aus dem 15. Jahrhundert: schweres verwittertes Teak, geschwungene Linien, verblasstes Gold.

Ein Mönch öffnet der verkaterten Truppe von Langnasen die knarrende Eingangstür. Innen kühlende Stille, Dunkelheit.

Das Auge passt sich an. Ich nähere mich dem Altar, auf dem Buddhas unterschiedlicher Größe, unterschiedlicher Perioden und unterschiedlicher Ausstrahlung sitzen.

Ein messerscharfer Lichtstrahl schneidet durch nur halb geschlossene Fensterläden und bringt eines der geheimnisvollen Gesichter zum Leuchten.

Ich hatte so etwas noch nie gespürt. Es hatte nichts mit einer bestimmten Religion, nichts mit einer bestimmten Kunstform zu tun, aber es war eine tief bewegende Erfahrung.

Die Falle war aufgeklappt. Ich musste so etwas in meine Welt bringen.

Sicherlich hat vieles eine Rolle gespielt. Zufälle, wenn es denn solche gibt, wie der Riss der Sehne. Der sinnliche Reiz der fremden, exotischen Welt. Die Tatsache, dass wir alle uns während dieser Zeit mit semiphilosophischen Phänomenen wie Bhagwan und modischen Erscheinungen des Buddhismus auseinandergesetzt hatten. Die Verwunderung darüber, dass unsere eurozentrische Ausbildung mit Rom und Griechenland als Nabel der Welt eine skurrile Vernachlässigung anderer Kulturen, Religionen und Philosophie darstellte ...

Zurück nach Pattaya. Im einzigen Geschäft des Ortes, das fragmentarisch Buddhistisches anbot, wurde ich Eigentümer des Köpfchens. Ayutthaya-Periode, 17. Jahrhundert. Ich war der glücklichste Mensch der Welt. In den nächsten Jahren wurde es mein treuester Begleiter, mein stolzester Besitz: auf dem Nachttisch zu Hause, auf dem Nachttisch auf Reisen. Heute steht es auf dem Nachttisch meiner Tochter Laura. Die Amour fou wurde durch eine Vielzahl anderer Affären abgelöst. Manche davon werde ich schildern.

Der merkwürdige Patient

Vorhang auf: Art Basel oder Art Miami Basel oder Frieze Art Fair in London oder jede andere große Kunstmesse. Eine Mischung aus Vorstandsvorsitzendem und Weihbischof durchmisst mit gravitätischen Schritten die Länge der Messe. In der Hand Bleistift und Papier, auf dem Namen und Zahlen notiert sind. Ein Sammler. Oder auch nicht. Wahrscheinlich hat er noch vor wenigen Jahren den Begriff Kiefer nur mit seinem Zahnarzt assoziiert, nicht aber mit Pinsel und Leinwand. Aber er hat gelernt. Er hat einen Sozialisationsprozess durchgemacht, der ihn gelehrt hat, dass Sammler zu sein das ultimative Statussymbol ist.

Wir leben in einem Teil der Welt, der ungewöhnlich lange politisch stabil und wirtschaftlich prosperierend war – eine Insel der Seligen. Eine Welt, in der so viele VIP sein möchten und so viele fast alles haben. Die Nachkriegsinsignien wie Waschmaschine, Auto, Fernseher haben ausgedient. Yacht und Ferienhaus scheinen manchmal fast beliebig geworden zu sein. Die schwarze Kreditkarte hat die goldene abgelöst.

Was gibt es da Besseres als Kunst, um zu zeigen, was man zeigen will. Zuerst natürlich Reichtum – denn wie kann man diesen einfacher belegen als durch den Kauf von Objekten, die keinerlei Funktionswert haben.

Dazu aber – und fast wichtiger – Bildung. Bilder und Skulpturen sind der für alle sichtbare Beleg von Erziehung und Kultur.

All dies hat dazu geführt, dass sich der Status des Kunstsammlers und dessen soziale Bewertung nachhaltig geändert haben. War Kunst noch vor einiger Zeit fast ein Insiderthema für Eingeweihte, die sich schwarz kleideten und bewusst von der Menge abgrenzten, sind sie inzwischen von ebendieser Menge vereinnahmt worden und haben das nicht nur widerstandslos, sondern mit Freude zugelassen. Was früher fast unbeachtet war, ist heute zum überall kommentierten »social event« geworden – aus einer Fußnote in Kulturmagazinen wurde eine Fotostrecke in der Regenbogenpresse, aus verschwiegenen Transaktionen ein Artikel im Wirtschaftsteil der Tageszeitungen.

Die Menge der »instant collectors« ist unübersehbar geworden. Ihr Motiv ist, wenn nicht ehrenwert, so doch leicht nachzuvollziehen.

Aber welches sind die anderen Motive, aus denen sich dieses merkwürdige Phänomen des Sammelns speist?

Ich hielt ein Buch in der Hand. Das Danaer-Geschenk eines sadistischen Sammlerfreundes: »Sammeln, eine unbändige Leidenschaft«, geschrieben von einem Sammler (sic!) und Psychoanalytiker in den USA, Werner Münsterberger.

Alles, was dort stand, bestätigte meine Vorurteile über Psychologie als Pseudowissenschaft. Vereinfacht gesprochen: Ich sei ein anal-fäkal-fixierter, hart an der Grenze der sofortigen Behandlungsbedürftigkeit angesiedelter Psychopath, der mithilfe seines Sammelns verzweifelt versuche, sich an den eigenen Haaren aus dem Sumpf fehlenden Selbstbewusstseins zu ziehen. Der in naiv romantischer Verdrängung glaube, die Liebe zu Kunst, die Jagd nach der blauen Blume sei das einzige Motiv, das ihn bestimme!

Münsterberger war nicht wert, diskutiert zu werden. Glaubte ich. Am Anfang. Nach und nach aber sickerte dieses wahrlich nicht süße Gift immer tiefer in mein Bewusstsein.

Ist es nicht tatsächlich gerade dieser Bereich, der einer kleinen Sammlung, die ein wohlfeiles Rückzugsgebiet immer dann sein kann, wenn uns die Außenwelt all das, was wir vielleicht nicht haben, mit großen bunten Bildern um die Ohren schlägt? All die Traumvillen, die Traumschiffe, die Traumfrauen und Traumpositionen? Kann man doch – selbst wenn uns niemand zuhört – immer sagen: Aber diese Skulptur, dieses Bild, diesen Kopf habt ihr nicht, und wenn du, Bill Gates, mit allem Geld der Welt kämest, würde ich sie dir nicht verkaufen! Eine Machtposition also, und sei sie auch noch so unbedeutend. Und ist der Wunsch nach Macht und Kontrolle nicht doch irgendwie kompensatorisch, also der Versuch, fehlendes Selbstbewusstsein zu ersetzen?

So weit, so gut. Aber das erklärt noch nicht, warum andere Gestörte – und davon gibt es wahrlich viele – ganz anders als durch Sammeln kompensieren, und warum manche Sammler eben nicht Briefmarken oder Zahnstocher, sondern gerade die Kunst als ihr Gebiet gewählt haben.

Lassen wir es vorerst dabei und unterstellen dem romantischen Kunstsammler, dass er zumindest teilweise oder gelegentlich von dem getrieben wird, was er durchgängig behauptet: der Liebe zur Kunst, sozusagen trotz Münsterberger?

Manches spricht dafür, nicht zuletzt, dass die Begegnung mit einem Objekt der Begierde wie ein Blitzschlag treffen kann, also ohne zwischengeschaltete und sei es auch nur unbewusste kalkulative Komponente – und dass die Beziehung zu dem einzelnen Kunstwerk intensiver ist, als sie zu einer Briefmarke oder einem gesammelten Zahnstocher je sein dürfte …

Warum aber besitzen und sich nicht mit dieser Begegnung zufriedengeben? Warum die Notwendigkeit, diese Dinge endgültig in seinen eigenen Bereich verbringen zu wollen?

Wir kennen die väterlich herablassende Bemerkung derjenigen, die sich auf einem höheren zivilisatorischen Niveau vermuten, und die ungefähr lautet wie folgt: »Wissen Sie, ich brauche diese Dinge nicht zu besitzen. Ich erfreue mich an ihnen und verinnerliche sie ebenso intensiv, wenn ich sie im Museum bewundern kann.«

Nun ist diese Bemerkung schon deswegen nicht unproblematisch, weil man viele Sammelbereiche – wie auch die Khmer-Kunst – zumindest in Deutschland nicht gerade beeindruckend in Museen repräsentiert findet und ständige Reisen nach Phnom Penh, New York oder Paris die normale Lebensführung beeinträchtigen könnten. Darüber hinaus aber scheint es mir ein großer Unterschied zu sein, ob man ein Objekt für kurze Zeit unter sozusagen statischen Bedingungen aus vorsichtiger Distanz sehen oder es immer wieder, in wechselnden Positionen, mit wechselndem Licht visuell, haptisch und in unterschiedlichen persönlichen Stimmungslagen begreifen kann. Lassen wir zu diesem Thema zwei Künstler sprechen, wie sie unterschiedlicher nicht sein könnten – Johann Wolfgang von Goethe, den Geheimrat, und Damien Hirst, das Enfant terrible der zeitgenössischen Kunst. Der Erste führt aus: »Mir ist der Besitz nötig, um den richtigen Begriff der Objekte zu bekommen.« Er müsse »begreifen«, das heißt physisch erfahren, um zu verstehen. Hirst formuliert auf die Frage nach dem Unterschied zwischen einem Francis Bacon in einer Galerie und demjenigen, der zu Hause hängt: »Zwei völlig verschiedene Dinge. Man kann ihn sich nackt anschauen, seine Unterhosen auf dem Boden liegen lassen, man muss nicht aufräumen. Niemand sagt einem: Fass nicht an! Es ist traumhaft, es ist sensationell, solche Bilder daheim zu haben.«

Versuchen wir dazu noch folgendes fiktive

Experiment zu durchdenken: Wir stehen vor der Alten Pinakothek in München und werden aufgefordert, in einer vorgegebenen Zeit von wenigen Stunden die zwei für uns bedeutendsten Werke des Museums herauszufinden. Wir werden nach dem Ablauf dieser Zeit mit einer gewissen Gelassenheit zwei Arbeiten zu benennen versuchen, sicherlich aber verbunden mit dem Hinweis, dass viele andere Arbeiten gleichwertig seien, man sich nicht wirklich entschieden habe usw.

Dann aber wird dieselbe Aufgabe gestellt, nur mit einer kleinen Ergänzung: Es wird uns zugesagt, dass wir die zwei ausgewählten Arbeiten für immer behalten können. Ahnen Sie vielleicht, mit welcher geradezu fiebrigen Intensität Sie jetzt durch die Räume hasten, um wie viel schärfer Ihr Blick wird und um wie viel größer das Maß der emotionalen Berührtheit ist? Wenn Sie in diesem Fall nach Ablauf der Zeit zurückkommen, sind Sie nicht mehr gelassen, sondern mit allen Sinnen involviert, und ihre Auswahl basiert nicht mehr nur auf einem neutralen künstlerischen Bewertungsversuch, sondern auf bewegendem Erleben.

Irgendwie scheint mir dieser Streit um die Rechtfertigung von Besitz ein fast ideologisches Gefecht des Geistigen gegen das Sinnliche, der platonischen

Ideenfixierung gegen die scheinbar nur ding- oder sinnenorientierten Jünger des Aristoteles und des Dionysos zu sein ...

Vielleicht kommt aber noch etwas anderes dazu, das im Ergebnis viel grundsätzlichere Bedeutung hat. Es fällt immer wieder auf, dass Sammler, insbesondere aber die Sammler von Kunst, fast etwas Sektiererisches zu entwickeln scheinen, die Kunst einen Stellenwert gewinnt, der fast religiöse Anmutung hat.

Woody Allen kommentiert dieses Phänomen in einem Interview vom 6. Dezember 2008 in der »Süddeutschen Zeitung« hart an der Grenze des Zynischen, wenn er sagt »Vielleicht ist die Kunst ja der Katholizismus des aufgeklärten Intellektuellen. Damit kann er nämlich wieder an ein Leben nach dem Tode glauben.«

Und George Ortiz, der besessene Sammler, schreibt in und zu seinem Opus magnum »The George Ortiz Collection« unter der Überschrift »In Pursuit of the Absolute« ohne Allens personentypischen Sarkasmus:

»It all goes back to my adolescence. I lost my religious faith, started philosophy and became a Marxist. I was looking for God, for the truth and for the absolute. In 1949 I went to Greece and I found my answer (…) Greek art exuded a spirit, which I was much later to perceive as what I believe to be the spiritual birth of man (…) Possibly I instinctively hoped that by acquiring ancient Greek objects I would acquire the spirit behind them, that I would be imbued with their essence (…) The collection you will see is a message of hope, a proof that the past is in all of us and we will be in all that comes after us.«

Hier ist also die Suche nach der Kunst nicht kulinarische Völlerei oder oberflächliche Kompensation, sondern im Kern metaphysische Sinnsuche.

Ich glaube, dass diese von Ortiz etwas pathetisch ausgesprochenen Gedanken für viele Sammler von Kunst Bedeutung haben. Egal, ob man die Geschichte der Menschheit verfolgt oder die morgendliche Zeitung liest – man könnte schier verzweifeln über das Maß an Zerstörung, Grausamkeit und Rücksichtslosigkeit, mit der Menschen mit sich, mit anderen und ihrer Welt umgehen. Da mag man Sammeln gelegentlich als Flucht oder Verdrängung empfinden. Aber ist es nicht vielleicht wirklich ein Ansatz von Hoffnung – wie Ortiz es sieht –, dass eben dieser Mensch daneben wenigstens gelegentlich in der Lage ist, Kunst zu schaffen, welche ihn selbst überdauert, welche – zumindest oft – aus der Suche nach etwas Besserem, etwas Höherem, etwas Bleibendem entspringt und uns noch nach Tausenden von Jahren tief bewegen kann – sei es ein griechischer Kuros, ein ägyptisches Königsporträt, eine indische Buddha-Skulptur?

Mit diesen Werken scheinen die Künstler vielleicht gerade in der heutigen Zeit Sehnsüchte beim Betrachter anzusprechen, die erfreulicherweise dazu geführt haben, dass nicht mehr nur die Gebäude der Banken und Versicherungen, sondern auch die Museen als Kathedralen der Neuzeit bezeichnet werden …

Wenden wir uns nun einer weiteren Frage zu: Was ist der Unterschied zwischen der Leidenschaft zu erwerben und zu besitzen und dem Wunsch, eine Sammlung aufzubauen?

Etwas haben zu wollen, das andere nicht haben: verständlich. Casanova zu sein, der eine sinnliche Obsession an die andere reiht: befremdlich, aber nachvollziehbar. Und wenn es am Ende etwas wird, das andere als Sammlung bezeichnen, dann ist dies eher ein semantisches Problem.

Was ist aber mit einer Sammlung, die auf einem vorgegebenen Konzept beruht, die eine mehr oder weniger rigide thematische, zeitliche oder stilistische Strategie hat?

Mir erscheint ein solcher Ansatz meist fragwürdig. Ist es nicht oft der Versuch des Nicht-Künstlers, ein eigenes Werk zu schaffen – die Sammlung –, wobei die einzelnen Kunstwerke und somit die Kunst zur Funktion degradiert werden? Liegt dem Ganzen nicht manchmal ein Verewigungssyndrom zu Grunde, der Wunsch, etwas zu hinterlassen, was die eigene Person unsterblich macht, auf die Spitze getrieben: die Angst, vergessen zu werden? Dazu wieder Damien Hirst, wirtschaftlich wohl der erfolgreichste Künstler der Gegenwart und selbst süchtiger Sammler: »Wenn man stirbt, was hinterlässt man dann? Das Beste, was Menschen vererbt haben, ist Kunst (…) Wenn man unsterblich werden will, dann so: Kunstwerke kaufen und sie weitergeben« – ein Satz, der nicht etwa zynische Kaufempfehlung für seine Sammler ist, sondern Begründung für sein eigenes manisches Sammelverhalten!

Aber haben wir nicht angesichts all der großartigen Sammlungen, die in der Menschheitsgeschichte zusammengetragen wurden, gelernt, dass sie ihren Schöpfer hinter sich lassen, dass der Kampf der Pyramidenbauer gegen ihre Sterblichkeit und der Kampf des chinesischen Kaisers Qin gegen seine Endlichkeit von vornherein zum Scheitern verurteilt waren? Gilt dies nicht umso mehr für all die Kleinsammlungen aus dem bürgerlichen Bereich, die allenfalls für kurze Zeit die Erinnerung an den Vater, der zum Großvater, dann zum Urgroßvater wird, wach halten können?

Und noch etwas: Man kann immer wieder erleben, wie kunstfeindlich viele Sammlungskonzepte sein können, seien sie pädagogisch, statistisch oder thematisch begrenzt. Ein Prokrustes-Bett, in dem das, was zu kurz ist, lang gezogen und das, was zu lang ist, abgeschnitten wird. Kriterium des Erwerbs ist oft nicht mehr die Qualität, sondern die Frage, ob es ins »Konzept« passe. Der Sammler, der eine großartige Skulptur aus dem 13. Jahrhundert stehen lässt, weil er hier gut besetzt zu sein glaubt, und eine zweitklassige Skulptur aus dem 11. Jahrhundert kauft, weil ihm diese nach seiner didaktischen Komplettierungsvorstellung noch fehlt!

Wie dem auch sei. Gehen wir wieder auf eine aus Überzeugung unkonzeptionelle, emotionale und hedonistische Reise von der ersten »love affair«, dem Köpfchen, zur nächsten. Und irgendwann müssen wir dann das leidige Thema der Qualität, im Ergebnis die Frage: »Was ist Kunst?« ansprechen. Dazu aber später.

Khmer – Die erste Affäre

Natürlich wurde ich nicht ernst genommen. Jung, Jeans, T-Shirt, kein Geld – und bar jeder Kenntnis.

»Do you have special Buddhas?« Wenn sie in Bangkok etwas hatten, dann das! Hunderte, Tausende, groß, klein, falsch, echt, schön, hässlich, alle Epochen, Stilrichtungen bis hin zu den sonderbarsten Erfindungen thailändischer Fälscherkunst. Und alles wurde mir von alten thai-chinesischen Händlern präsentiert, mit undurchdringlichen Gesichtern, die ich in meiner Schwärmerei als philosophisch-religiös geprägt sah, nicht aber als das, was sie waren: abgefeimte Geschäftsleute, für die ich eine Mischung aus Nervensäge und Opfer bedeutete.

Einige Jahre später. Deutsch, gründlich, leidensfähig und immer noch romantisch hatte ich mich emporgearbeitet. Blasen an den Füßen, denn ich musste mir ja all diese Hunderte von Läden anschauen, die Objekte meiner Begierde anboten. Aberhunderte von Tassen Tee, bei denen ich – meist vergeblich – Händler zu überzeugen versuchte, dass ich ein ernster und irgendwann möglicherweise wohlhabender Sammler zu werden hoffte. Und diese immerwährenden Übungen wie im Kloster Wat Po, an einem Vormittag Hunderte von Buddha-Skulpturen stilistisch und zeitlich einzuordnen …

Doch an einem der häufigen alkoholreichen Abende war es dann so weit. Wir saßen auf dem Fußboden im Sammlerzimmer eines ebenso arroganten wie interessanten ehemaligen thailändischen Finanzministers und ich ließ bei der Bewertung einer Buddha-Skulptur beiläufig und hochstaplerisch die Bezeichnung »Knom Thom« fallen. Stille. Verwunderung. Ein junger Europäer hatte einen seltenen Stiltypus benannt, der nicht nur richtig, sondern auch in Thailand allenfalls wenigen bekannt war. Ich war Teil des Spiels.

Doch bald schon ein Iconic Turn. Wer sich für Thai-Skulptur interessiert, wird historisch zwangsläufig irgendwann mit Khmer-Kunst konfrontiert, dem zeitlichen Vorläufer. Andere Formensprache, andere Stärke, andere Qualität. Zu meinem Schlüsselerlebnis verhalf mir Dr. Dr. K., Sammler, natürlich, und ein solcher, der Werner Münsterberger in helle Aufregung und Begeisterung versetzt hätte. Er sammelte alles, zumindest fast alles. Gargantuesk. Seine Küche konnte man nicht mehr betreten, geschweige denn, sie ihrer ursprünglichen Bestimmung des Kochens zuführen. In den Schränken keine Teller, Töpfe, Messer, Gabel, sondern Vasen, Vasen, Vasen. Zwei- bis dreitausend Jahre alt, Ban Chiang, Thailand. Auf dem Balkon keine Blumen, sondern Vasen, Vasen, Vasen. Raten Sie, woher!

Bei Händlern war er ebenso beliebt wie gefürchtet: beliebt wegen seiner Umsatz steigernden Obsession – gefürchtet, weil er eine ebenso atypische wie effiziente Qualitätserkennungsmethode bevorzugte. Er nahm die Vasen zur Ansicht mit ins Hotel, ließ seine Wanne voll laufen und versenkte die Untersuchungsobjekte für eine Nacht. Aus geklebten Vasen wurde ein Scherbenhaufen, nachgemalte Vasen verblassten bis zu Unkenntlichkeit. Die guten behielt er, die schlechten durfte der Händler erneut »restaurieren«. Ob er selbst mit den Vasen in die Wanne ging, weiß ich nicht. Münsterberger hätte es sicher vermutet, und das Bild ist zu schön, um es ganz auszuschließen.

Ansonsten eine Sammlung optischer Messgeräte, eine Sammlung von Büchern, eine Sammlung von

Skulpturen, eine Sammlung prähistorischer Bronzeobjekte, und mittendrin der Sammler mit einem Glas schlechten Rotweins und einer Zigarette.

Trotzdem: Er ist leidenschaftlich – wobei diese Leidenschaft mehr dem Akt des Einverleibens als dem der Qualität gilt – und er nahm mich mit zu Dr. Viroj, einem thailändischen Sammler-Händler-Tycoon. Richtiger: Wir wurden beide mitgenommen, und zwar von Mr. Hong, einem weiteren Sammler-Händler-Tycoon, der für den Zustand von K.s Küche und Balkon verantwortlich und ein Freund von Dr. Viroj war.

Die schwere, zumindest zweiflüglige Tür zu einer Villa öffnete sich, die Palladio, dem sie augenscheinlich nachempfunden war, zur Verzweiflung getrieben hätte. Außen eine eklektische Mischung sämtlicher denkbarer Stilelemente, im Wesentlichen weiß und aus Marmor, innen ein verblüffendes Miteinander – oder besser: Gegeneinander – unzähliger englischer Standuhren, unbekleideter französischer Nymphen aus Marmor, meist auf semibarocken Sockeln, dazwischen großartige thailändische Buddha-Skulpturen.

Und, in sanftes Licht getaucht, die Sandsteinskulptur einer Göttin, Khmer, 11. Jahrhundert! Gerade noch hatten mir die Zähne geklappert, da wie in jedem vornehmen thailändischen Haus oder Hotel die Klimaanlage aus Statusgründen auf etwa vierzehn Grad gestellt war, um Reichtum durch Kostenverachtung zu dokumentieren. Jetzt überfielen mich wallende Hitzeschübe. Dort stand das ultimative Objekt meiner Begierde, Höhepunkt der Sammlung eines reichen Thai – und die sind, wenn sie reich sind, wirklich reich –, unerreichbar. Dr. Dr. K. wurde in diesem Moment zu meinem Todfeind, da ich sicher war, mein Traum müsse auch ihn zur Ekstase treiben und zum Konkurrenten machen. Aber: Gefahr gebannt, er interessierte sich augenscheinlich mehr für französischen Marmor.

Ich war emotional überfordert, schwankte zwischen der Idee eines nächtlichen Raubüberfalls und der Erwägung, Dr. Viroj im Tausch gegen diese Figur meine Schwester anzubieten. Die nächste halbe Stunde war ich wie versteinert. Erst als wir hinauskomplimentiert zu werden drohten, nahm ich all meinen Mut und diplomatisches Geschick zusammen und sagte mit brüchiger Stimme zu Hong: »Hong, my friend, if ever Dr. Viroj should think about parting with this sculpture, please call me in Germany. I will be here next day.«

Hong schaute mich verwundert an und sagte

ebenso kurz wie verblüffend: »Sure he sells it; just ask him for the price.«

Zwei Minuten später war ich Eigentümer meiner ersten Khmer-Skulptur, der glücklichste Mensch auf der Welt (wiederum; wie später noch oft …) und in den Augen unserer chinesischen Freunde endgültig debil, da ich nicht eine Sekunde über den Preis verhandelt hatte.

Diese Meinung sollte sich allerdings noch weiter verfestigen. Ein Taxi wurde organisiert, fuhr vor, ich hielt in meinen Armen die in Zeitungspapier (»Bangkok Post«) gewickelte Skulptur, hatte Sternchen in den Augen und drehte mich zum fünften Mal zu den im Eingang stehenden Gestalten um, um zum fünften Mal mantraartig zu sagen: »I'm so happy. Thank you so much. I'm so happy. Thank you so much«, und beim Einsteigen mit meinem Kopf gegen den Türholm des Taxis zu donnern. Ein dumpfer Schlag, das Taxi schaukelte, ich sah Sterne, doch anstatt zu Boden zu gehen, drehte ich mich um und sagte zum sechsten bis achten Mal: »Thank you so much. I'm so happy«, stieg ins Taxi und schlug zum zweiten Mal, diesmal etwas fester, mit meinem Kopf gegen den Türholm. Noch heute sehe ich die stoischen Gesichter der beiden, die in diesem Moment endgültig wussten, dass sie einen wirklich Verrückten getroffen hatten und die große Zeit des Westens vorbei war. Ich sah Sterne, fühlte, wie die Beule an meiner Stirn in kürzester Zeit Hühnereigröße entwickelte, fuhr ins Hotel und war immer noch glücklich.

Ende der Episode. Ein weiteres entgeistertes Augenpaar, diesmal das meiner Frau, die mich am Flughafen abholte und sah, wie ich mit zwanghafter Lässigkeit einen Koffer durch den Zoll trug, der mir das Schultergelenk auszukugeln drohte, den ich aber als leer und federleicht zu vermitteln versuchte.

So weit zum einzigen, ohnehin verjährten Zollvergehen. Im Übrigen hätte ich auf fehlende Zurechnungsfähigkeit plädiert.

Nach und wegen dieser Episode noch einmal zurück zum Thema des Sammelns, der Frage, ob und inwieweit der Erwerb und Besitz notwendig und zu rechtfertigen sind. So gesammelte Objekte sind eben nicht nur Mittel zur Kunsterfahrung, die auch im Museum stattfinden kann, wenn auch in beliebigerer Form und weniger intensiv. Sie sind dazu noch Erinnerungsträger.

Sie tragen Erinnerungen an interessante und häufig verschrobene Gestalten, wie sie so oft im

Bereich von Kunst und Kunsthandel auftauchen, Erinnerungen an aufregende, ungewöhnliche Situationen, an Glücksgefühle und Enttäuschungen. Diese Erinnerungen bilden ein virtuelles Fotoalbum oder besser eine virtuelle Videothek, bei der man Sequenzen nacherleben kann, die das eigene Leben geprägt haben, die Reflexionen nicht nur über die Frage der Kunst, sondern über die eigene Person und den Menschen ermöglichen und viele Aspekte wie Besitz oder Vergänglichkeit anders erfahrbar machen.

Das falsche Schamdreieck

Einige Zeit später. In Thailand, wo sonst. Ich hatte inzwischen einen großen Teil dessen, was man üblicherweise für schlechtere Zeiten zurückzulegen versucht, für Flugtickets ausgegeben, ja sogar versucht, Thai zu lernen. »Links«, »rechts«, »geradeaus« und »zu teuer« war mein wesentlicher Wortschatz, der zu souveräner Unterhaltungsführung ausschließlich mit Taxifahrern befähigte. Also schrieb ich mich an der Universität München für den Kurs »Thailändisch für Anfänger« ein. Der Dozent war ebenso herzensgut wie weltfremd. Er beherrschte etwa siebenundzwanzig exotische Sprachen und Dialekte, erklärte uns, Russisch habe er in circa sechs Wochen gelernt. Thailändisch sei nicht weiter schwierig, er halte diesen Kurs aber nur dann für hinreichend wissenschaftlich und grundlagenorientiert, wenn wir zuvor Sanskrit und Pali lernen würden. Nach der zweiten Stunde verließ ich den Kurs. Die thailändische Sprache ist – und bleibt – eines meiner vielen unvollendeten Projekte.

Zurück nach Bangkok. Ich saß mit Mrs. Anong und ihrem Mann Thong in ihrer Galerie. Anong hatte sich von einer kleinen Gelegenheitsverkäuferin, die in Papier eingewickelte Mittelklasseobjekte unter den Sofas hervorkramte, zu einer angesehenen und erfolgreichen Händlerin gemausert. (Sie wird noch häufiger auftauchen.) Ihr Mann, gutherzig und höhere Polizeicharge, lebte davon hervorragend. Anfangs brachte ich als Gastgeschenk immer eine Flasche Champagner, was als ebenso unbekannt wie beeindruckend gewürdigt wurde. Inzwischen waren wir beim Jahrgangschampagner angekommen, der mit einer beiläufigen Selbstverständlichkeit entgegengenommen wurde. Ein kleines Zeichen dafür, wie sich Thailand in verhältnismäßig kurzer Zeit entwickelt hatte. Waren es in den Anfangsjahren ausschließlich Bier und Whisky gewesen, so konzentrierte sich die thailändische Oberschicht inzwischen auf Roederer Cristal und Premier Grand Cru. Wir, das heißt ein französischer Sammlerfreund und ich, waren bei einem der wenigen thailändischen Großsammler von Khmer-Skulpturen eingeladen. Die weltweit hochwertigste Sammlung von Bronzeskulpturen. Nicht publiziert und nur wenigen bekannt. Mancher, der sie sehen durfte, hat seine

Bewertung der Khmer-Kunst und anderer Sammlungen radikal ändern müssen ...

Eine Flucht von perfekt durchgestylten Räumen, Designermöbel, indirektes Licht und Kunst, die jedem Museumskurator Tränen der Freude oder des Neides in die Augen treiben würde. Statt Nachmittagstee wurden Château Lafite, Château Haut-Brion, Opus One und Romanée-Conti serviert. Beste Jahrgänge. Etwa dreizehn Grad. Für jeden eine Flasche. Dazu Essen mit Chilischoten.

Am Ende der Sitzung bat Alain – Franzose, wohlgemerkt –, die leere Flasche Romanée Conti zur Erinnerung mitnehmen zu dürfen. Es wurde ihm gestattet. So viel zum Wechsel im wirtschaftlichen und konsumtiven Verhältnis der Länder zueinander.

Genau dieser Alain, amüsant und von äußerst atypischer Kopf- und Körperform, wurde nun zur Bedrohung. Er lebte in Bangkok, er sammelte, er hatte ein gutes Auge – und mehr Geld. Ich versuchte auf Anong einzureden, argumentierte menschlich-moralisch, chauvinistisch, rassistisch ... Wie nicht zum ersten Mal leider vergeblich. Die Begriffe »Sammlerfreund« und »Sammlerfeind« gehen eine unglückselige Ehe ein.

Diesmal aber behielt ich die Oberhand. Anong bot einen Shiva-Kopf, Khmer, aus dem 11. Jahrhundert an, wie er nicht schöner sein konnte: samtene Politur, eine Patina, welche die Jahrhunderte geradezu haptisch erfahrbar machte, eine königliche Präsenz – kurzum: ein Meisterwerk.

Und für mich war es reserviert. Alain verbreitete eisiges Schweigen, meine Frau Eva reagierte verhalten. Keiner schien meine Begeisterung zu teilen. Beide rieten mehr oder weniger geschickt vom Kauf ab: zu teuer, kein Platz … Natürlich war es zu teuer, natürlich hatte ich keinen Platz, natürlich kaufte ich – und natürlich waren beide verbittert. Sie wollten selber kaufen.

Hätte man mich in diesem Moment oder bei meinem ersten schmerzhaften Kauf nach der besonderen Faszination der Khmer-Skulptur gefragt, hätte ich nur geantwortet: »Das sieht man doch.« Dasselbe sage ich heute, und es deckt sich mit meiner Überzeugung, dass das Wesen der Kunst nicht verbalisierbar ist, sondern Erklärungen allenfalls Hilfsmittel zum persönlichen Erfahren darstellen:

Ad Reinhardt, der bedeutende Kunsttheoretiker und Maler des abstrakten Expressionismus, formuliert in einmaliger, lakonischer Radikalität: »Kunst ist Kunst und alles andere ist alles andere.«

George Steiner, großer Literaturwissenschaftler und Philosoph, beschreibt, wie Robert Schumann, um die Erläuterung einer schwierigen Etüde gebeten, dieselbe wortlos noch einmal spielte – einige von vielen Belegen großer Künstler dafür, dass Kunst autonom ist und im Kern nur durch das Werk selbst erlebt werden kann.

Trotzdem: Diese Einstellung kann kein wohlfeiles Feigenblatt für Bequemlichkeit und Oberflächlichkeit sein. Zwar wird immer mehr die Kunsterfahrung durch den Kunstdiskurs ersetzt, und man hat manchmal den Eindruck, als habe sich hier ein neuer Wirtschaftszweig entwickelt, bei dem allzu oft die Kunst auf dem Altar der Eitelkeit des Rezensenten geopfert wird. Ebenso falsch wäre es aber, würde man sich allein ins subjektiv Gefühlte flüchten und auf die manchmal mühsame Arbeit verzichten, sich Fakten und Besonderheiten einzelner Kunstbereiche zu vergegenwärtigen.

Einige besondere Aspekte der Khmer-Kunst, die uns aufgrund abendländischer Prägung so fremd ist, sind vielleicht besonders gefährlich. Sie wird oft exotisch verbrämt. Beschreibungen wie »Das versunkene Königreich im Dschungel«, »Die geheimnisvollen Tempeltänzerinnen« etc. sind aber allenfalls Stimmungsbilder, sicherlich keine Qualitätskriterien. Mystifizierung hilft ebenso wenig weiter – wie bei André Malraux, der mit seiner pseudophilosophischen Novelle »Der Königsweg« einen krassen Fall von Kunstraub in Kambodscha zur gefahrvollen Reise in das eigene Ich stilisiert.

Genauso irreführend ist romantische Überhöhung. Vor etlichen Jahren wurde von einem bekannten deutschen Künstler der Gruppe ZERO als eines der »100 Meisterwerke« des »ZEITmagazins« ein Khmer-Torso euphorisch besprochen. Ich fühlte Genugtuung, dass auch andere, darunter ein veritabler Künstler, meine Begeisterung teilten, und verschlang vier Seiten sinnstiftenden Pathos wie:

»Es versteht sich, dass in dieser hohen Formkunst auch eine erotische Kultur zum Ausdruck kommt, die in unserer aufgeklärten Zeit kaum noch nachempfunden werden kann. (...) Wie sehr Abstraktion und Sinnlichkeit ineinander übergehen, zeigt nicht nur das Schamdreieck: Selbst die so abstrakte Form des Gürtels lässt in seinen oberen Rundungen an die Form von Brüsten denken.«

Leider: Das so einfühlsam besprochene Meisterwerk war kein solches, sondern ein eher banales Fragment. Im Übrigen handelte es sich, anders als der Autor es vermutete, nicht um die Vorderseite einer weiblichen Skulptur, sondern vielmehr um die Rückseite einer männlichen Figur aus der Stilphase des Baphuon, das bemühte Schamdreieck war schlichter Gewandzipfel. Die Schönheit lag hier wahrlich nur im Auge des Betrachters. Imagination und Erfindungsreichtum, für den bildenden Künstler sicherlich wertvoll, sind ebenso wie Schwärmerei oder Besitzerstolz dann nicht hilfreich, wenn sie sich frei von Grundkenntnissen ausleben.

Zumindest Folgendes ist zu wissen wichtig, wenn wir dieses fremde Gebiet bewerten wollen: Khmer-Kunst ist entstanden in einem zivilisatorisch organisatorischen Rahmen, einem staatlichen und religiösen Ordnungssystem, das Regeln, Gesetze und Mittel gewährt und so einen Aufbau künstlerischer Tradition ermöglicht hat. Diese Tradition hat sich über einen Zeitraum von über mindestens achthundert Jahren gebildet.

Die Skulptur ist integraler Bestandteil großer Tempelbauten, die von Königen oder Klöstern in Auftrag gegeben wurden – es ist meist höfische Kunst, gestaltet aus der Machtfülle einer Großmacht, herrschend über Kambodscha, Teile Thailands bis hin zu Burma, Laos und Vietnam, perfekt organisiert und von förmlichen Ritualen bestimmt.

Darüber hinaus ist es eine Ausdrucksform, die religiös kanonisiert ist, das heißt eingebunden in ein ikonografisches Regelwerk, das nicht der Individualität, dem schlichten Abbild oder der Repräsentation den Vorrang gibt, sondern der religiösen Intensivierung und der Darstellung göttlicher Prinzipien, sei es des Buddhismus oder des Hinduismus mit all den jeweiligen Mischformen.

Von ihrer indischen Prägung bis zum 5./6. Jahrhundert hat sich die Khmer-Skulptur ungewöhnlich schnell gelöst und dann etwas erreicht, was man mit Worten nur schwer vermitteln kann, was zu erleben der Augen und der Hände bedarf:

Die souveräne Bearbeitung von Bronze und Stein. Verhaltene Sinnlichkeit, verbunden mit konzeptioneller Klarheit und Strenge. Das »Sourire-Khmer«, das Lächeln, das sich der Beschreibung entzieht, die herrscherliche Präsenz des Göttlichen nicht verleugnet, aber ihr das Bedrohliche nimmt, ein besonderes Spannungsverhältnis zwischen Körperlichkeit und ikonografisch konstruktiven Elementen, die Freiheit von gefälligen Manierismen und Übersteigerungen ohne die Gebundenheit anthropomorpher Fixierung.

Lassen wir es dabei bewenden und kehren zurück in Anongs Galerie. Sie diskutierte mit Thong ein Problem, das ihrer Aufgeregtheit nach eine nicht unbedeutende finanzielle Dimension zu haben schien. Dann die Frage an mich, ob ich Lust hätte, mit an die burmesische Grenze bei Maesot und Tak zu fahren. Es sei dort ein großer Khmer-Elefant aus Ton, circa 11. Jahrhundert, gefunden worden, für den ein wichtiger thailändischer Sammler sicherlich Unsummen zahlen werde. Wir müssten sofort aufbrechen, die Händlerkonkurrenz habe schon die Fährte aufgenommen.

Thong und der Fahrer saßen vorne, Anong und ich im Fond. Thong gab sich ein kontemplatives Aussehen und versuchte heimlich zu schlafen, Anong und ich diskutierten die gesamte Fahrt, also etwa fünf Stunden, über Kunst, Geschäfte, thailändische Politik. Thong schlief schlecht und knurrte gelegentlich »Pud mak«, das bedeutete anfänglich noch ein erstauntes »Ihr redet recht viel«; am Ende der Reise hätte man es eher mit:

»Könnt ihr nicht endlich die Klappe halten!?« übersetzen müssen.

Die Nacht brach an. Wir hatten uns verfahren, schienen am Ende der Welt zu sein. Irgendwann kamen wir in ein Dorf. Keine Straßenbeleuchtung. Anong erklärte mir, der Dorfvorsteher sei einer der meistgesuchten Terroristen Thailands gewesen und habe fünf Militärs und Polizisten erschossen. Nach einer Amnestie, welche in Thailand immer dann ausgesprochen werde, wenn man aus höherer Einsicht die Anwendung von Gewalt als kontraproduktiv erkannt hat, sei er jetzt respektabler Bürgermeister.

Wir wurden in seine Hütte eingeladen, ich als eine Art Maskottchen vorgestellt und als nicht weiter störend empfunden.

An diesem etwas befremdlichen Abend im Kerzenlicht erinnere ich mich jedes Mal, wenn ich die Seladon-Schale auf meinem Schreibtisch sehe, die damals unser Bürgermeister unter seiner Strohmatte hervorzog und zum Kauf anbot – und die ich natürlich gekauft habe, weil ich dieses Münsterbergsche Sammlersyndrom habe.

Am nächsten Morgen stiegen wir durch den Dschungel zu einem Stamm, der aus den angrenzenden Bergen eine Art überdimensionalen Schweizer Käse gemacht hatte, nachdem dort durch Zufall Goldschmuck, Waffen, Porzellan und Keramik gefunden worden waren, angeblich die Beute eines chinesischen Heeres.

Der Khmer-Elefant war groß, unbeschädigt und von ungewöhnlicher Qualität. Der Handel begann. Ich verstand nichts. Nach etwa zwei Stunden war man sich einig.

Es blieb nur ein kleines Problem: Anong hatte nicht genug Bargeld mitgenommen, ich hatte gar keins. Eine Uhr wurde nicht in Zahlung genommen, ich auch nicht, und in circa fünfhundert Höhenmeter Entfernung sah man die Händlerkonkurrenz dräuen, die uns nachgestiegen war.

Weitere Verhandlungen. Schließlich eine eher atypische, jedenfalls aber kreative Lösung: Der Elefant wurde eingegraben, eine Anzahlung geleistet. Zwei vertrauenswürdige Stammeskrieger mit Gewehren mussten ihn bis zu dem Zeitpunkt bewachen, in dem das restliche Geld übergeben würde.

Heute ist das Stück Teil einer Museumssammlung in Bangkok. Anong war um etwa einhunderttausend US-Dollar wohlhabender, und ich hatte gelernt, dass Kunsthandel in Thailand gelegentlich etwas exotisch sein kann.

Mr. Hong tauchte wieder auf. Die moderne Schlange mit dem Apfel. Ich wirkte inzwischen etwas respektabler, war also ein interessanteres Opfer, und nichts ist leichter, als den zu verführen, der verzweifelt darauf wartet, verführt zu werden.

Apfel war in diesem Fall ein thailändischer Prinz, Cousin des Königs, Filmproduzent und angejahrter Playboy. Daneben musste er Masochist sein. Viermal verheiratet, dreimal geschieden. Jedes Mal nahm die jeweilige Ehefrau entweder seine Skulpturensammlung mit oder zwang ihn, diese aus finanziellen Gründen zu veräußern. Und jedes Mal fing er wieder von vorne an zu sammeln, sozusagen ein sammlerischer Sisyphos.

Er lebte wieder in Scheidung; der Moment zu kaufen war günstig. In einem seiner vielen Kabinettschränkchen fand ich ein bronzenes Fragment eines stehenden Buddhas, Haripunjaya-Stil. Fragmente von Buddha-Skulpturen sind übrigens für Thai jeder religiösen Bedeutung entkleidet, ihr Handel kein Sakrileg.

Der Stil aus dem 12./13. Jahrhundert ist eine ungewöhnliche Mischung von Mon-, Khmer- und Thai-Elementen. Mon, der Stil der gleichnamigen ursprünglichen Bevölkerungsgruppen, verkörpert die indisch-sinnliche Komponente, ist stark vom indischen Gupta-Stil beeinflusst; Khmer trägt zur konsequenten horizontalen Linienführung und typischen Gewanddefinition bei; Thai ist verantwortlich für den weniger rigiden und manchmal manierierten Ausdruck. In seinen guten Erscheinungsformen – und um eine solche handelte es sich hier – visualisiert er einen der interessantesten kulturellen Schmelztiegel Asiens.

Auch hat mich, wenn ich zurückdenke, Fragmentarisches in der Skulptur immer besonders angezogen. Vielleicht liegt es daran, dass es Zeitablauf und Vergänglichkeit erfahrbar macht, vielleicht daran, dass es Raum lässt für Fantasie, das Fehlende zu ergänzen oder dass wegen des Fehlens die Qualität im Verbliebenen umso intensiver empfunden wird. Es wäre übrigens interessant zu analysieren, warum amerikanische Käufer vollständige und wenn eben möglich große Skulpturen bevorzugen, während Franzosen beispielsweise einen besonderen Reiz im Fragmentarischen zu sehen scheinen …

Wie dem auch sei, der Ausdruck des Gesichts rührte und faszinierte mich gleichermaßen.

Aufgrund meiner geradezu existenziellen Erfahrung mit Dr. Viroj wagte ich, nach der Verkäuflichkeit zu fragen. Sie wurde von Mr. Hong selbstverständlich bejaht. Eine Preisverhandlung schied jedoch aufgrund des königlichen Geblüts naheliegenderweise aus. Ich kaufte.

Burma – wundersame Welt

Die kleine Skulptur ist ungewöhnlich präsent und hat daneben den Vorteil, weit weniger Platz einzunehmen als die unzähligen burmesischen Lackdosen, welche meine Regale füllen.

Schuld daran ist Madame The, eine burmesische Händlerin mit für Südostasien erstaunlich dominanter Sinnlichkeit. Damals zumindest.

Ihre Galerie – um es vereinfachend so zu bezeichnend – war ein eklektisches Durcheinander von Geldscheinen, burmesischen Lackobjekten, verkrusteten antiken Stoffen, Essensresten, Katzen und Hunden und zwei bildhübschen Töchtern, alles im ersten Stock eines alten Kolonialhauses in Rangoon.

Empfohlen worden war sie uns von Freunden, auf die ich noch zurückkommen werde.

Unser erster Besuch fand gegen 1977 statt. Er dauerte ungewöhnlich lange. Allein die Preisverhandlungen forderten Stunden. Erst jede einzelne Lackdose, dann das Gesamtpaket, dann alles wieder von vorne.

Und schließlich der Höhepunkt. Ich durfte ins Schlafzimmer, um das Geschäft abzuschließen. Meine Frau Eva nicht. Ich saß auf dem Bett und dachte an Flucht, aber Buddha rettete mich. Im kritischen Moment, der die Verhandlung möglicherweise zum Erliegen gebracht hätte, sausten zwei Ratten unter dem Bett hervor. Ich schrie, Eva stürmte zu Hilfe, ich war gerettet.

Aber: Madame The hat mir jedenfalls nahegebracht, welche Qualität der handwerklichen Arbeit, welche Präzision im Detail und welche originelle und künstlerische Qualität der Gestaltung auch im Bereich der dekorativen Volkskunst existieren. Von diesem Zeitpunkt an habe ich zumindest aus den Augenwinkeln immer nach besonderen Lackdosen Ausschau gehalten, viele insbesondere in Bangkok gefunden und möchte keine von ihnen missen.

Missen möchte ich ebenso wenig ein weiteres Erlebnis mit Madame The. Bei meinem zweiten Besuch wollte ich ihr im Gegenzug für den Erwerb einer der seltenen grünen Lackdosen eine kleine Freude machen und fragte, was man ihr beim nächsten Besuch aus Bangkok mitbringen könne. Die Antwort war ebenso kurz wie bestimmt:

»Bring me some bra!« Ich war im höchsten Maße verschreckt, hatte doch das Einkaufen weiblicher Dessous mein nur in Maßen ausgeprägtes männliches Selbstbewusstsein bis dato weit überfordert. Trotzdem antwortete ich ebenso cool wie scheinbar routiniert: »How many, which colour, which size?« Und die Antwort: »At least two, biggest size, pink and black.«

Ich versuchte verzweifelt, die Aufgabe an Wagemutigere zu delegieren. Vergeblich. So stand ich also einige Tage später leicht gerötet in der entsprechenden Abteilung des Central Department Store in Bangkok und fing an, einer ebenso niedlichen wie sprachunkundigen Verkäuferin mein Problem mit den Händen zu vermitteln. Innerhalb einer Minute war ich von etwa zwanzig kichernden Thailänderinnen umgeben, für die ich die Sensation des Tages war.

Die Aufgabe wurde bewältigt. Die fragwürdigen Objekte wurden diskret in Rangoon abgeliefert. Ich habe nachhaltigen Eindruck gemacht und bin noch heute »friend of the family«.

Es hat übrigens nicht nur Thailand, sondern auch Burma einen verblüffenden Wandel im Anspruchsdenken durchgemacht.

Anfangs waren begehrte Mitbringsel Kugelschreiber, Gummibärchen und – als ultimativer Höhepunkt – eine Flasche Whisky: Johnny Walker »Red Label«. Mit Letzterem jedenfalls konnte man fast alles erreichen, einschließlich der Sitzplatzbeschaffung in einer völlig überbuchten Maschine mit der Folge, dass man selbst eingecheckt und einige Hühner oder Kisten und Kasten ausgecheckt wurden.

Nach meiner ersten Erfahrung mit Red Label lag für mich nichts näher, als mit einem qualitativen Upgrade noch größere Wirkungen anzustreben: Ich stieg um auf Johnny Walker »Black Label«.

Der Versuch scheiterte jämmerlich. Als ich voller Stolz bei notwendiger Gelegenheit meinen mehrwertigen Whisky einsetzen wollte, wurde er, da unbekannt, mit deutlichem Misstrauen zurückgewiesen und Red Label eingefordert.

Beim nächsten Besuch also zurück zur vertrauten Routine – doch auch hier ein Fehlschlag: Die soziokulturelle Entwicklung hatte mich überholt. Innerhalb eines Jahres war den üblichen Geschenkempfängern klar geworden, dass Black Label die bessere Alternative war. Mein Geschenk wurde nicht mehr beglückt, sondern allenfalls mit nachsichtiger Enttäuschung angenommen …

Doch nicht nur Madame The, sondern das gesamte Land ist Grund für meine Affinität. Die in vielen Bereichen erhalten gebliebene Kultur, die Religiosität, die Freundlichkeit, die Schönheit der Natur und das politische Schicksal der Menschen, die nichts mehr interessiert, als den Kontakt zu Touristen aufrechtzuerhalten. Und das nicht nur aus finanziellen Gründen, sondern um eine Verbindung zu einer weiteren Welt zu haben, der sie so gerne angehören würden.

Höhepunkt der Reisen nach Burma war unsere Expedition nach Arakan im Jahr 1979. Arakan ist die abgelegenste Provinz im Nordwesten, abgetrennt vom übrigen Burma durch das Meer und die Arakan-Berge, angrenzend an Bangladesch.

Wir waren zu sechst, offiziell eine archäologische Expedition mit einer Sondergenehmigung der Regierung aufgrund der guten Kontakte unseres Freundes Jürgen. Er und sein thailändischer Partner Dschingis waren von der Partie, sein Bruder Meinhart, Wilhelm, der schon Monate vor der Reise an Fahrradschläuchen trainiert hatte, Schlangenserum zu spritzen, Eva und ich.

Wir fühlten uns wie eine Mischung aus Sven Hedin und Marco Polo. Der Flug ging von Rangoon – heute Yangon – nach Akjab – heute Sittwe –, der Hauptstadt der Provinz. Schon Akjab war eine andere Welt, die Menschen ein anderer Typus, dunkler, Englisch war im Wesentlichen unbekannt, wir wurden angestarrt wie Aliens. Kein Wunder, denn wie sich nachher herausstellte, waren wir erst die zweite Gruppe von weißen Besuchern, das heißt die Nummern sechs bis elf auf der Liste.

Wir erliefen die Stadt oder sagen wir besser das konfuse Durcheinander von Häusern und Hütten, trafen uns auf dem, wie wir glaubten, zentralen Marktplatz, setzten uns auf die Umrandungsmauer und schauten dem Treiben all der Menschen auf der Wiese zu. Ein intensiver, fast stechender Geruch trübte die exotische Freude, dies umso mehr, als alle, die wir auf der Wiese stehen und sitzen sahen, bei näherem Hinsehen klar werden ließen, dass wir uns am Rand einer zentralen überdimensionierten Freilufttoilette befanden.

Wir brachen fluchtartig auf, um am Hafen ein kleines Schiff zu mieten, das uns in die alte Königsstadt Myohaung – heute Mrauk U – bringen sollte. Auf dem Weg hatten wir, wie während der gesamten Zeit, eine immer größer werdende Horde von Kindern hinter uns, die jeden unserer Schritte mit großen Augen verfolgten. Bis schließlich einer von ihnen, der Frechste, ein kleines Steinchen nahm und wie im Spiel nach uns warf. Das Beispiel steckte an, die Angelegenheit eskalierte. Es war das erste und einzige Mal, dass ich in Südostasien Bedrohliches erlebt habe.

Ein chinesischer »Restaurant«-Besitzer sah uns, erkannte die Situation, lud uns zu sich ein und schloss die Türen. Die Situation war gerettet.

Dann die Flussfahrt. Eine Tagesreise stromaufwärts. Josef Conrad drängte sich auf, aber es war nicht eine Reise ins Herz der Finsternis, sondern es waren die schönsten Stunden in diesem faszinierenden Land. Schwerfällige, bauchige Reisbarken mit Segeln wie Patchwork kamen uns entgegen; links und rechts säumten kleine, verfallene Pagoden in verblichenem Gold die Ufer. Kraniche standen unbeweglich am Rand des Wassers, Fischotter umspielten den Bug unseres Bootes, Dschingis briet Krabben, wir hatten eine Flasche Wein. Burma war wunderbar.

Die Ankunft am kleinen Anlegesteg von Myohaung war ein Volksfest. Nicht die Bewohner waren die Exoten, sondern wir: merkwürdige weiße Gestalten in fremdartiger Kleidung, mit fremdartigen Worten und fremdartigen Bewegungen. Vom ersten Moment bis zur Abreise hatten wir einen Begleitungstross von mindestens hundert Bewohnern der alten Königsstadt, die ihre Blüte im 16. Jahrhundert erlebte, inzwischen aber durch die wohlige Verschlafenheit dörflicher Beschränkung geprägt war. Asphaltierte Straßen gab es nicht, Strom nur gelegentlich, Hotels waren unbekannt.

In unserer offiziellen Funktion als Archäologen durften wir im Guest House der Regierung übernachten, einer sympathischen Holzhütte auf Stelzen.

Der Tross hatte uns selbstverständlich zum Essen begleitet und jedes Heben und Senken eines Löffels oder einer Gabel mit einem verblüfften Raunen kommentiert. Dann wurden wir eskortiert zu unserer Herberge und waren einige Stunden in Sicherheit.

Anders am nächsten Morgen. Schon um fünf Uhr sammelten sich die ersten Kinder auf der Holzterrasse des Nebengebäudes; und dann der Höhepunkt: Eva schritt zur Morgentoilette (bekleidet), das heißt auf einen großen irdenen Wasserbehälter zu, der im kleinen Hintergarten stand. Die Kinder waren begeistert. Es wurden immer mehr. Als sie schließlich die erste Schale mit Wasser über ihren Kopf goss, gab es einen unglaublichen Krach:

Staub wirbelte auf, spitze Schreie, krachendes Holz. Unter dem Gewicht der etwa hundert kleinen Voyeure war das Nebenhaus zusammengebrochen. Nicht viele Frauen dürften auf solch ekstatische Bewunderung verweisen können.

Die nächsten Tage waren ein noch faszinierenderer Ausflug in eine andere Welt. Verfallene Tempel, filigrane Schnitzereien, Ausgrabungen, die zeigten, dass in dieser Gegend der indische Einfluss spektakuläre Großskulpturen hervorgebracht hat, die noch zu entdecken sind – und immer wieder unsere Geplänkel mit dem Tapir. Er war unser offizieller Führer und Regierungsüberwacher. Sein Name war unvermeidlich, denn seine Nase war der kleinere Bruder eines Tapir-Rüssels. Er sprach etwas, das er Deutsch nannte, was von uns allenfalls erahnt werden konnte, und war bemüht, uns von anarchischen Handlungen abzuhalten, was unter einer Militärregierung alles zu sein scheint, was Freude macht. Wahrscheinlich wird er noch heute in manchen Albträumen an uns denken.

Das, und vieles mehr, war Arakan, das heute touristisch erschlossen ist, aber sicherlich immer noch einen besonderen Reiz hat. Wie so vieles in Burma.

Balinesische Verirrungen

Burma war die Vorgeschichte zu weiterem Sammeln – diesmal von merkwürdigen Erfahrungen.

Eva, damals meine zukünftige, heute meine ehemalige Frau, hatte Examen gemacht. Belohnung des Großvaters waren drei Monate in Asien. Sie reiste ohne mich, den sie kaum kannte und der ohnehin nicht wagte, sich der deutschen Rechtspflege für so lange zu entziehen.

Verabredet wurde, nicht unbedingt originell, ein Wiedersehen gegen Ende der Reise, am elften November um elf Uhr elf im Strandhotel, Rangoon, Burma.

Ich wartete aufgeregt. Eine Stunde, zwei Stunden, drei Stunden. Vergeblich. Dann die mühsame Fahrt zum Flughafen mit einem der wenigen Taxis, die dazu noch mit einer Handkurbel in Gang gesetzt werden mussten. Am Flughafen Ratlosigkeit. Die erwartete Maschine aus Karatschi sei gestrichen worden, ob sie heute, morgen oder übermorgen käme, könne man beim besten Willen nicht sagen.

Zurück zum Hotel, schwankend zwischen Sorge, Frustration und Ärger. Burma durfte man damals nur sieben Tage besuchen, sodass jeder Wartetag ein verlorener war.

Telefone waren in Burma weitgehend unbekannt, Mobiltelefone damals ohnehin nicht existent. Ich musste also auf mittelalterliche Methoden versuchter Kommunikation zurückgreifen – die Zettelwirtschaft.

Allein flog ich weiter nach Mandalay, allein flog ich weiter nach Pagan, in der Annahme, meine Zukünftige an Asien verloren zu haben. Aber: Ich stattete an jedem Flughafen, bei jedem Hotel die aufgeweckten Kinder mit kleinen Zettelchen aus, in denen mein Reiseplan für die nächsten Tage beschrieben war, und beschwor sie, mit geschicktem Einsatz von geschenkten Gummibärchen, diese Zettel einer blonden jungen Frau, Miss Eva, in die Hand zu drücken.

Die letzte Chance, unsere vorgezogene Hochzeitsreise zumindest punktuell gemeinsam zu verbringen, war Pagan. Resigniert, fast verzweifelt saß ich am vorletzten Tag des Burmaaufenthaltes neben dem Flugfeld, einer holprigen Graspiste, und sah die letzte Maschine aus Rangoon einschweben. Als sich die Passagiere durch die kleine

Tür der Tupolev gezwängt hatten, wusste ich, es war vorbei.

Als Letztes war eine stattliche, kompakte weibliche Figur, in weiße wallende Gewänder gehüllt, der Maschine entstiegen – augenscheinlich eine Amerikanerin –, und erst, als sie rief: »Wolfgang, endlich!«, wusste ich, es war Eva, allerdings mit einem durch die Vielzahl ihrer geliebten indischen Currys leicht veränderten Erscheinungsbild. Die notwendige Gewöhnungsphase war schnell absolviert. Wir flogen zur weiteren Erkundung asiatischer Kunst und Exotik, diesmal gemeinsam, nach Bali.

Bali war eine andere Welt. Zwar hatte Vicky Baum in ihrem Roman »Liebe und Tod auf Bali« bereits in den Dreißigerjahren vom Verlust an Authentizität, von negativen Auswirkungen des Tourismus und der Kommerzialisierung gesprochen. Uns aber war die Insel immer noch ein Paradies: überbordender Reichtum der Natur, eine Vielfalt von Zeremonien, alten Bräuchen, die dörflichen Märkte, die Hahnenkämpfe, die Reisterrassen – die Fülle der visuellen und kulturellen Reize war überwältigend. Keine Kunstwerke für eine Sammlung, aber ein faszinierendes Gesamtkunstwerk – damals – und eine Menge an Erfahrungen, die man sammeln konnte.

Natürlich wollten wir die gesamte Insel erkunden. Auto und Fahrer zu mieten war aus Kostengründen ausgeschlossen. Deswegen also ein Motorrad, um uns bürgerlichen Weltenbummlern so eine Art »Easy Rider«-Feeling für Anfänger zu ermöglichen.

Nur: Ich hatte keinen Motorradführerschein, und aus Gründen der Gewinnmaximierung der jeweiligen Polizeistationen war ein solcher gerade zur Pflicht gemacht worden.

Für meinen Motorradvermieter keinerlei Problem: »Don't worry, Mister. Two cans of coke. Eight meter distance. One turn and you get license!«

Ich war erleichtert, denn tief in meinem Inneren hatte ich, der Motorräder eigentlich nur vom Anschauen kannte, mein Gesicht zu verlieren gefürchtet.

Dann kam die Stunde der Wahrheit. Neun mehr oder weniger hippieeske Gestalten standen vor dem zuständigen Polizeioffizier. Einige noch erkennbar von den vorangegangenen Nächten geschädigt, er dagegen in perfekt gebügelter Uniform, streng und gnadenlos.

Es musste da ein grundsätzliches Missverständnis gegeben haben. Statt der zwei Coladosen im Abstand von acht Metern waren es acht Coladosen im Abstand von zwei Metern, die sorgsam zirkelnd umfahren werden mussten.

Der erste Prüfling trat an. Motorradfahren hatte augenscheinlich nie zu seinen bevorzugten Beschäftigungen gezählt. Er umfuhr die erste Dose. Dann rammte er die zweite. Dann verlor er endgültig die Kontrolle, gab Vollgas und schoss mit einem lauten Schrei und quietschenden Reifen auf den Polizeioffizier zu. Entsetzen in dessen Gesicht, dann ein verzweifelter Sprung hinter den nächsten Busch. Der erste Prüfling war durchgefallen – zu recht.

Ich war der zweite. Ich schaffte drei Coladosen, dann fiel ich um. Es war entwürdigend, meine Mannesehre verletzt, ich stampfte mit dem Fuß auf und forderte verzweifelt einen zweiten Versuch. Abgelehnt – der Polizeioffizier fürchtete um sein Leben.

Der Weg ins Hotel war ein Gang nach Canossa. Ich versuchte wohlfeile Erklärungen wie Deutschfeindlichkeit, eine Bananenschale etc. etc. und erntete das Lächeln, das Frauen aufsetzen, die erkennen, dass ihr Partner ein Versager ist.

Noch schlimmer allerdings war die Betroffenheit meines Motorradvermieters, der seinen Gewinn schon beim Hahnenkampf verspielt hatte. Es blieb nur ein Ausweg: Training.

Während also Eva friedlich am Strand lag, umkurvte ich Stunde um Stunde unter den kritischen Augen meines Motorradvermieters Coladose um Coladose, bis er mich endlich als motorradreif erklärte und für die nächste Prüfung am folgenden Tag anmeldete.

Meine Aufregung vor dieser Prüfung war ungefähr so groß wie diejenige beim zweiten Staatsexamen, diesmal allerdings grundlos, denn mein risikobewusster Vermieter hatte die Polizei durch eine kleine Sonderzahlung flexibel gestimmt: Der Führerschein wurde prüfungsfrei ausgehändigt, die Eroberung Balis konnte beginnen.

Es war ein herrliches Gefühl. Mit wehenden Haaren – man trug ja damals zeittypisch lang – knatterten wir über den menschenleeren Strand nach Norden. Die Sonne brannte, die Brandung rauschte, ich beherrschte meine Maschine und hatte an Männlichkeit gewonnen, bis zu dem Moment, als wir den zweiten kleinen Fluss durchqueren mussten, der sich ins Meer ergoss. Den ersten hatte ich mit Bravado und Vollgas durchritten. Der zweite war zu breit und zu tief – die Maschine musste geschoben werden. Danach bewegte sie sich nicht mehr. Da mir technische Phänomene wie Vergaser und Ähnliches weitgehend unbekannt waren, bedurfte es zehnmaligen Anschiebens im schweren Sand, um wieder Fahrt aufzunehmen.

Erschöpft, mit leichtem Sonnenstich, verließen wir den Strand, um über Land ins Hotel zurückzufahren – ein Vorhaben, das meine Fahrkünste an ihre ultimative Grenze führte.

Endlose, mit knöcheltiefem Wasser bedeckte Reisfelder, abgegrenzt voneinander durch etwa dreißig Zentimeter breite, aus Erde gefügte Stege, gelegentlich von sonnenbadenden Schlangen belegt – von jetzt ab unsere Straße. Wir fuhren im vorsichtigen Zickzack, um immer wieder vor einem der vielen kleinen Wasserläufe zu stehen, die ein Weiterfahren unmöglich machten. Nach etwa zwei Stunden »trial and error« waren Frustration und der Wunsch, endlich zurückzukommen, so gewachsen, dass ich meine Geschwindigkeit weit über mein Fahrkönnen erhöhte. Plötzlich brach einer der Stege unter unserer Last zusammen und wir schossen mit einem großen Satz, fest aneinander geklammert, tief in eines der wasserbedeckten Felder. Ein bisschen Blut, viel Schlamm, ein gebrochener Spiegel, ein verschobener Lenker.

Irgendwann haben wir es doch geschafft und erreichten das Hotel, dankbar wie Ertrinkende, die in letzter Sekunde vor dem nassen Tod gerettet wurden.

Die Motorradfahrten der nächsten Tage fanden auf befestigten Straßen statt. Experimente waren ausgeschlossen.

Eine der berüchtigten Besonderheiten Balis wollten wir uns jedoch auf keinen Fall entgehen lassen: die »magic mushrooms«.

Einer unserer thailändischen Freunde, ausgewiesener Bali-Experte, hatte uns ihren Genuss dringend ans Herz gelegt, um Bali in seiner Gesamtheit zu verstehen.

Deswegen fuhren wir abends zum »Bamboo Den«, einem der einschlägigen sogenannten Restaurants, auf denen diese Rauschpilze offiziell auf der Speisekarte angeboten wurden als Bestandteil vielfältiger Gerichte: »magic soup«, »magic omelet«, »magic salad« usw.

Wir bestellten zwei »magic omelets«, flache Eierfladen, aus denen eine Unzahl kleiner schwarzer Stiele ragte. Der Geschmack war gut, die Wirkung gleich null, die Enttäuschung groß. Wir vermuteten, Pilzschwindlern aufgesessen zu sein.

Deswegen also zur nächsten Hütte, zum »Bali Dream«. Evas Appetit war vergangen, ich wollte nicht aufgeben und bestellte eine »magic soup«. Serviert wurde ein großer Topf undefinierbarer Brühe mit den nämlichen kleinen schwarzen Stielen.

Während ich mit den letzten Löffeln des Gebräus kämpfte, betraten drei Japaner den Raum. Evas Lachanfall war ebenso unerklärlich wie homerisch und ich wusste, jetzt würde es kritisch.

Wir fuhren – natürlich auf unserem Motorrad – zum Hotel. Ich versuchte sie verzweifelt davon abzuhalten, mit beiden Händen den tiefdunkeln Himmel zu umarmen und vom Rücksitz zu fallen, bugsierte sie verschämt an der Rezeption vorbei und schlug schließlich vor, uns zur Ausnüchterung an den Strand zu setzen. Die Wellen nahmen – inzwischen auch für mich – eine sonderbare Färbung an. Neben mir saß eine mir immer befremdlicher werdende Eva, die in rhythmischem Singsang, im ihr unbekannten Düsseldorfer Dialekt Gedichte komponierte wie: »Der Himmel ist tintenblau, ich bin eine schöne Frau.«

Um möglichen Hotelverweisen vorzubeugen, flüchteten wir in unseren Bungalow. Was dann ablief, ist schwer zu beschreiben und sicherlich noch schwerer nachzuvollziehen. Diese merkwürdigen kleinen Pilze haben eine LSD-artige Wirkung, die bei jedem andere Folgen hat. Berichten kann ich nur von mir, bei dem Omelett und Suppe im Doppelpack nachhaltige Wirkungen auslösten: Ich sah meine Beine oder Arme in verschiedenen Zimmerecken liegen, sauste als rotes Blutkörperchen durch meine Adern, mein Körper machte die wunderlichsten Transformationen durch. Das war die eine Seite. Die andere bestand darin, dass der Verstand gleichzeitig geradezu kristallin klar wurde, lange bekannte und ungelöste Probleme einfach zu lösen schien und mein Kopf das, was mit mir körperlich passierte, fast wie ein Forscher zu beobachten und zu analysieren versuchte.

Senkrecht im Bett sitzend, meine Körperteile mal hier mal dort suchend, schrieb ich mit hastiger Hand all das auf, was ich gerade durchlebte. Als ich am nächsten Morgen meine Notizen durchlas, waren sie klar, präzise und verblüffend distanziert.

Eva war eingeschlafen, bei mir ging die Reise weiter und mutierte zunehmend zur Höllenfahrt. Das leise Summen der Klimaanlage wurde in meinem Kopf zum hundertfachen Trommelwirbel, die Dunkelheit des Zimmers wurde körperlich wie schwere klebrige Tinte und ich saß tief unten in diesem Tintenfass, ohne mich befreien zu können.

Irgendwann, nach sicherlich sechs oder sieben Stunden, war ich am Ende. Erst nach mehr als vierzehn Stunden totenähnlichen Schlafes wachte ich auf, immer noch perplex über diese merkwürdige Reise. Neue Bewusstseinsschichten, andere Intensität, große Gefahr. Wie wir nachher erfahren haben, soll unter den Palmen Balis eine große Zahl naiver Pilzfreunde liegen, die, ebenso wie ich, überdosiert waren und den Weg zum Hotel oder nach Hause nicht mehr gefunden haben …

Deswegen zurück zum Sammeln, das vielleicht mit größerer finanzieller, jedenfalls aber geringerer körperlicher Gefahr verbunden ist – also in die Maschine von Denpasar über Singapur nach Bangkok, dem Sammlermekka.

Thailand etwas anders

Thailand war schon damals anders. Das Kaleidoskop ist bereichert – oder entreichert – durch viele Erscheinungen des modernen Lebens, denen wir in Burma zu entfliehen versuchen: exzessiver Erwerbstrieb, Umweltprobleme, überbordender Tourismus, stilistische Todsünden, Verlust an Exotik. Auf der anderen Seite ist es immer noch authentisch: von einer tiefen, aber sehr pragmatischen Religiosität, geprägt durch althergebrachte Strukturen wie das Königtum mit seinem Zeremoniell, von teilweise überwältigender landschaftlicher Schönheit und von Menschen, deren Sinn für Lebensfreude und Humor sicherlich ausgeprägter ist als in Deutschland.

Ein kleines Beispiel für diese kuriose Mischung ist unsere Kurzreise nach Chiang Mai.

Mrs. Anong, inzwischen schlichtem Händlertum entwachsen, bot uns an, ihre Golf spielende Freundestruppe in den Norden des Landes zu begleiten. Diese bestand ausschließlich aus Thai, ihr »Anführer« war ein ehemaliger Minister für Telekommunikation: durchsetzungskräftig, humorvoll und von vitalem Charme. Er wurde von den Übrigen nicht zuletzt wegen seines Vermögens respektiert, das er während seiner Amtszeit um etwa zweihundert Millionen US-Dollar privater Sondereinnahmen gemehrt hatte. In Deutschland hätte dies zu einem lauten Aufschrei geführt, in Thailand dagegen wird es akzeptiert mit einer ungewöhnlich pragmatischen Begründung. Zumindest habe er – anders als die meisten – während seiner Zeit erfolgreich nicht nur für sich, sondern auch für das Land gearbeitet.

Auf dem Golfplatz verlor ich durch erratische Flugkurven meines Balles das Gesicht. Als Entschuldigung legte ich mir verzweifelt zurecht, dass die sogenannte Etikette nachhaltig von der unsrigen abweicht. Die Anzahl der Flightpartner ist um fünfzig Prozent erhöht worden, damit man besser zocken kann; jeder Spieler hat einen Caddie und einen Schirmträger, sodass sich auf den Grüns größere Volksversammlungen einzufinden scheinen; nach jedem Loch wechseln dicke Bündel von Geldscheinen die Hand. Auf meine Frage nach der höchsten Summe, um die auf einer Runde gespielt worden sei, höre ich die Zahl 700 000 US-Dollar und weigere mich aus Gründen der Selbstachtung, dies zu glauben.

Der anschließende Abend wurde zum Höhepunkt. Wir feierten im Zweit-, Dritt- oder Vierthaus (jeder hier schien mehr als nur ein Haus zu haben) eines unserer Mitspieler, in einem malerischen Bergtal gelegen, etwa tausend Quadratmeter groß, mit circa zwanzig Angestellten, circa einmal im Jahr besucht.

Serviert wird ausschließlich Château Lafite (wobei man wissen muss, dass der Einfuhrzoll bei etwa hundert Prozent liegt). Die Stimmung steigt. Es werden unverständliche Lieder gesungen. Alle tragen spitze Papierhüte.

Und dann die Aufforderung an Eva und mich, einen europäischen Beitrag zur Feierkultur zu leisten, das heißt zu singen.

Meine Ausflüchte mit der Begründung fehlenden Temperaments und stimmlicher Fertigkeiten werden nicht zur Kenntnis genommen. Ich halte ein Mikrofon in der Hand, vierzig Augenpaare sind gespannt auf mein Gesicht gerichtet und ich singe »Hoch auf dem gelben Wagen« mit einem im Wesentlichen nachgedichteten Text, da mir Walter Scheel die Originalfassung verleidet hat.

Respektvoller Applaus, doch das kann es nicht gewesen sein; mein Stolz ist geweckt, ich merke, dass das Publikum eingebunden werden muss, und greife zum letzten Mittel:

»You all have to stand up and sing with me one of the most famous German songs: Humba humba humba tätärä.«

Die Stimmung wird klimakterisch. In den von Sternen übersäten Nachthimmel steigt eine Kakophonie von inbrünstigen Stimmen, alle vereint in der Liebe zu karnevalesker deutscher Volksmusik.

Und dann ein orgiastischer Höhepunkt: Evas Beitrag zur thailändisch-deutschen Völkerverbrüderung. Es ist der sogenannte Schlangentanz, den sie mit dem Leibarzt des Ministers aufführt. Er war mir bis zu diesem Zeitpunkt nicht bekannt. Ihr auch nicht.

Mein Gesichtsverlust beim Golfspielen ist wettgemacht durch die beiläufige Behauptung, dies jeden Abend zu erleben – ein kleines Mittel, einem drohenden Dritte-Welt-Syndrom entgegenzuwirken, nachdem die Thai große Kunst haben, bessere Weine trinken und dazu noch besser Golf spielen!

Am nächsten Tag der Rückflug. Unser liebenswerter Taxifahrer war Mr. Lim. Chinesisch, dick, mit der prestigeträchtigten Warze am Kinn, aus der ein langes Barthaar spross, und im Übrigen Vorsitzender des dortigen Lion's Clubs.

Sein Englisch war von überbordender Kreativität, seine pragmatisch-philosophischen Einstellungen überzeugend.

Er wollte uns drei Stunden vor Abflug abholen und zum Flughafen fahren. Auf meinen Einwand, ein solcher Vorlauf sei doch wohl nicht nötig, antwortete er mit geradezu dichterischer (Chiasmus!) Prägnanz:

»Better you wait plane,
plane no wait you.«

Auch das ist Thailand und auch deswegen ist es noch immer so liebenswert.

Zeitgenössisches Stolpern

Von eskapistischer Exotik zurück zu den Anfängen. Der Klang einer Geige, meist krächzend: mein Vater. An den Wänden Genrebilder, »Öl und Essig«: Vater und Mutter. Die glyceringepflegten Hände der Klavier lehrenden Jungfer: der Sohn.

Diese prägenden Einflüsse bestimmten den kunstbezogenen Werdegang des Schülers W. An seiner Zimmerwand hing das erste Abbild bildender Kunst, der marmorne Jünglingskopf von Phidias. Eine nur unwesentlich abgeschlagene Nase und der geschmerzte Gesichtsausdruck, der wenig Fragen zu stellen und viele zu beantworten schien.

Danach der Nukleus einer Kunstsammlung in der Miniaturwohnung des jungen Referendars in München: der Nachguss des »Ombre de la Sera«, einer etruskischen Kleinplastik, die schon Giacometti inspiriert hat. Das besagte Buddha-Köpfchen, eine Ban-Chiang-Vase und als Krönung eine Teetasse und eine Teekanne aus manieriertem

Wedgewood-Porzellan, die zielführend für ersehnte Tête-à-Têtes eingesetzt werden sollten.

Bilder waren vertreten in Form von Karl Korab, dem österreichischen Verrätsler, sowie Arik Brauer, dem folkloristischen Mythologen. Letztere verantwortet von Dr. Rutzmoser, der in den Siebzigerjahren mit beschränktem Erfolg versuchte, die Münchner Kunstszene aufzumischen.

Und dann ein Schock. Verantwortlich war Micki. Klug, kultiviert, ungemein anziehend, und das, wie sich später zeigte, nicht nur für mich.

Sie stellte mich einem ihrer sogenannten alten Freunde vor, schon damals sarkastisch und mit Verschrobenheit kokettierend: Lutz Schirmer, Jungsammler, späterer Verleger.

Wenn sie mich beeindrucken wollte, hatte sie ihr Ziel erreicht.

Lutz' Wohnung war groß und unbehaust. Einziges Lebenszeichen war eine Gruppe von etwa zehn Zeichnungen und Aquarellen, bei denen es mir in den Fingern zuckte, sie von der Wand zu stehlen. Frühe Beuys-Arbeiten, in der Tradition von Klimt und Schiele, aber fragiler, poetischer, existenzieller. Eine andere Welt.

Meine Konditionierung durch Phidias und Rutzmoser verblasste innerhalb von Sekunden. Ich hatte irgendetwas verstanden. Nicht genau, nicht umfassend, nicht facettenreich, aber so intensiv, dass es mich immer begleitet hat. Dass es immer noch etwas anderes gibt. Dass Neugierde und Offenheit notwendige Voraussetzungen sind, um Dinge zu erfahren, von denen manche vielleicht ein ganze Leben beeinflussen können.

»… und flimmerte nicht so wie Raubtierfelle;
und bräche nicht aus allen seinen Rändern
aus wie ein Stern: denn da ist keine Stelle,
die dich nicht sieht. Du musst dein Leben ändern.«

Wie Rilke in seinem Gedicht »Archaischer Torso Apolls« die Wirkung beschreibt, die dieses Fragment auf den Betrachter hat, ist der Zeit entsprechend etwas romantisch, aber irgend so etwas muss es gewesen sein – mit Beuys und mit dem Bronzeköpfchen.

Lutz' Leben jedenfalls hat die Kunst verändert. Er war damals schon Avantgarde, ich allenfalls »Aprèsgarde«. Und er verkörpert – vielleicht auch er mit manchen kompensatorischen Aspekten – einen Typus Sammler, den man bewundern kann: ausgestattet mit einem wachen Verstand, großer Neugierde, einem guten Auge und starker Leidenschaft. Jemand, der nicht mit den Ohren, sondern mit den Augen kauft, der Trends nicht folgt, sondern sie prägt, und der über die folgenden Jahre eine Sammlung zusammentragen sollte, in der das Intime über das Spekulative, das Sinnliche über das Pädagogische und das Subtile über das Plakative triumphiert.

An einer so gewachsenen Sammlung kann und sollte man lernen, einer großen Gefahr zu begegnen. Der Gefahr, sich davon beeinflussen zu lassen, was der Markt fordert und seine Meinungsträger propagieren, was insbesondere in den Achtzigern eine große Rolle gespielt hat. Keine Sammlung zeitgenössischer Kunst, die etwas auf sich hielt, durfte ohne Peter Halley, Christopher Wool, Richard Prince und Jeff Koons auskommen. Die Qualität der einzelnen Arbeit war oft nicht entscheidend; benötigt wurde der Name wie eine Eintrittskarte in eine Geheimgesellschaft. Die Sammlungen waren zunehmend geklont und austauschbar, die persönliche Handschrift beschränkte sich im Wesentlichen auf die Motivwahl. Fast wie bei der Großwildjagd, anerkannt ist nur derjenige, der die jeweiligen Big Five an die Wand hängen kann – was leider oft auch für Museumssammlungen gilt.

Der Kopf ist freier geworden, die Augen offener. Eduardo Chillida wird zum Hausheiligen. Ich sehe ihn zum ersten Mal ausgestellt bei Godula Buchholz in großen Räumen hoch über der Isar gelegen, sparsam gehängt, und verschulde mich für eine große Tuschearbeit auf Papier.

Papierarbeiten werden mir übrigens immer näher bleiben als die Leinwand. Tusche, Bleistift und Aquarell sind gnadenlos. Sie lassen einen Fehler nicht zu, es kann nicht korrigiert werden. Und sie behalten ihre Offenheit, wirken vielleicht ephemer, suchend, zurückhaltend. Öl oder Acryl dagegen: ein endgültiges Statement. Ein Ausrufungszeichen: Dies ist ein Bild! Abgeschlossen, manchmal sogar pathetisch – natürlich mit allen denkbaren Ausnahmen.

Chillida mit seiner Frau auf einer Vernissage bei Maeght in Zürich. Beide bescheiden und souverän, mit einer selbstverständlichen Gewissheit, fröhlicher Bereitschaft zum Diskurs, übergreifender Bildung und Lebensfreude. Seine Arbeiten begleiten mich noch heute.

Einziger Wermutstropfen ist die Erinnerung an London. Zurück aus Asien blätterte ich in einem der Sotheby's-Kataloge für die Londoner Auktionen. Es war eine der nachhaltigen Kunstmarktkrisen, die Preise waren am Boden, eine Chance auch für bescheidene Sammler.

Auf der letzten Seite eine Chillida-Eisenskulptur, eines der frühen Meisterwerke. Niedrig geschätzt, ich war elektrisiert und dachte über Hypotheken nach.

Tobias Meyer, damals zwar schon Licht, aber noch lange nicht die Lichtgestalt des Auktionsmarktes, bestätigte meine Einschätzung und riet mir dringend, zur Auktion nach London zu fliegen. Er brauchte mich nicht zu überreden.

Als Nächstes mein Gespräch mit dem Shipping Departement von Sotheby's: »I'm going to buy a great sculpture in a few minutes; could you tell me about the details of shipping, the costs etc.?«

Die Sache war für mich entschieden, ich hatte die Skulptur emotional in meinen Bestand aufgenommen; was folgen musste – die Ersteigerung – war allenfalls zeitraubender Vollzug – nicht zuletzt, weil ich bereit war, achtzig Prozent über den Schätzpreis zu bieten.

Ich durfte maximal zwei Minuten mitspielen. Dann übernahmen die Großen. Mein letztes Handheben mit dem gezichten »Das wollen wir doch mal sehen« ging weit über mein Limit, war jedoch nur Aufbäumen im Angesicht der Niederlage.

Die Skulptur verschwand in einer großen Sammlung. Mein Herz war schwer, mein Selbstbewusstsein angeschlagen.

Andere Dinge hätte ich damals problemloser kaufen können; wenn ich daran zurückdenke, fällt mir auf, dass fast jeder, der über Sammeln schreibt, nur von dem berichtet, was er gekauft hat. Aber ist es nicht genauso wichtig, über die Dinge nachzudenken, die man nicht gekauft hat – sei es, weil man nicht konnte oder nicht wollte? Auch das ist irgendwie Teil einer Sammlung: die Leerstellen und die Fehler.

Ich sitze in New York, 64th Street East, Dachgarten, Dezember 2008. In fast allen anderen Städten könnte man jetzt schreiben: »Über den Dächern von …« Hier heißt es allenfalls »unter den Dächern« oder höchstens »zwischen den Dächern …«. Der Zimmerpreis ist angesichts der Finanzkrise nur dadurch zu rechtfertigen, dass ich gesparte Kosten für einen Psychotherapeuten gegenrechnen kann. Ich bin hierhin geflüchtet. Aus einem der vornehmeren Clubs in New York, in den mich ein Geschäftsfreund gebucht hatte. Das Durchschnittsalter der Gäste dort liegt bei etwa fünfundneunzig Jahren, die Ober sind durchgängig ältere Ausgaben von Jacques Tati, Dekor und Ausstattung der verzweifelte Versuch, den englischen Vorfahren zu zeigen, dass man zumindest gleichwertig pompös sein könne: Ahnenbilder und Generäle an der Wand, schwere Brokatvorhänge vor den Fenstern, gedämpfte Laute. Die Zeit scheint stehen geblieben, lediglich eine quäkende Stimme, die aus verborgenen Lautsprechern in einer Endlosschleife »Jingle Bells« singt, beweist, dass es nicht so ist.

Ich hatte geschworen, nur noch unter Zwang nach New York zu fliegen, da spezifischer Rhythmus und Lärmpegel dieser Stadt mit zunehmendem Alter immer unerträglicher werden. Aber nun gab es einen »Zwang«: Die Graduation unserer Tochter Anna in »Modern Art, Connaisseurship, Art Market«. Es ist also irgendetwas hängen geblieben – zumindest die Hoffung, dass nach dem Ableben die fassbaren Überbleibsel des Sammelsuriums nicht vollständig lieblos entsorgt werden.

Somit bin ich also doch wieder hier und denke unwillkürlich zurück an eine Zeit vor über zwanzig Jahren.

Eva und ich stolperten mehr oder weniger zufällig in eine Galerie für zeitgenössische Kunst irgendwo auf der Madison Avenue. Ausgestellt waren fragile, poetische Kleinskulpturen von Richard Tuttle, uns damals völlig unbekannt. Eva bat die ältere Putzfrau, die mit einem Aufnehmer sorgfältig abgezirkelt zwischen Skulpturen hin und her fuhr, nach der Galeristin – Bertha Urdang – zu fragen. Die Putzfrau gab sich als eben diese zu erkennen. Sie war wortgewaltig und erklärungsmächtig. Kurze Zeit später wechselten die ersten Tuttles den Besitzer.

Bertha würde uns noch lange Jahre begleiten. Im Vergleich zu ihrer Durchsetzungskraft, ihrem apodiktischem Selbstbewusstsein in Fragen der Kunst (und allem anderen) war Golda Meir ein schwacher Charakter.

Sie schickte uns in das erste New Yorker Atelier, zu Michael Gitlin. Einer ihrer jungen Künstler, der wie viele andere aus Gründen des Überlebens einem simplen Broterwerb als Kunstverpacker nachgehen musste und allenfalls halbtags an seinem Nachruhm arbeiten konnte. Intelligent, eloquent, damals aber nicht wirklich in der Lage, dasjenige in sichtbare Form umzusetzen, was er verbal so süffig und nachvollziehbar vermitteln konnte. Und dann gab es diese beklemmende Situation – wie bei fast jedem Atelierbesuch. Der Künstler, fast unabhängig von seinem Bekanntheitsgrad, zeigt Sammlern seine Arbeiten. Irgendwie hält er sein zuckendes, blutendes Herz auf einem Silbertablett hin und erwartet oder erhofft zumindest eine besondere Wertschätzung. Und die Wertschätzung eines Sammlers besteht nun einmal – zumindest wenn sie ehrlicher Überzeugung entspringt – darin, kaufen zu wollen. Tut er es nicht, ist es aussagekräftig genug – und zwar in negativer Hinsicht. Und deswegen habe ich immer öfter Atelierbesuche vermieden und immer besser verstanden, welch wichtige Funktion Galeristen haben – unter anderem die, einen Filter zwischen Künstler und Käufer zu bilden, der ruhige Entscheidungen ohne Druck möglich macht.

Trotzdem ins nächste Atelier, zu Jeff Koons, dem Shootingstar. Damals noch eine kleine Sternschnuppe, doch war schon abzusehen, dass er sich preislich nach oben entwickeln würde. Auf seiner Seite stand eine Kampftruppe durchsetzungsfähiger Galeristen, die Eskimos die berühmten Kühlschränke verkaufen konnten.

Jeff war smart und aufgeräumt. Er sprach über seine Arbeiten im gleichförmigen, wohl modulierten Singsang, fast wie ein Psychotherapeut, der einem verstörten Patienten vermittelt, dass alles gut werde, wenn er nur weitere zweihundertachtzig Stunden bei ihm auf der Couch läge. Die Kasse werde im Zweifel bezahlen.

Kunst kauften wir mangels Überzeugung oder gar Betroffenheit nicht. Wie die Zeit gezeigt hat, war es zumindest ein wirtschaftlicher Fehler; man hätte sich hierüber hervorragend für den Kauf anderer Arbeiten refinanzieren können.

Sean Scullys Atelier in Chelsea hatte eine andere Vitalität und Sinnlichkeit. Scully ist Ire und von einer Stimme und Statur, dass er jedem irischen Pub zur Ehre gereicht hätte.

Wesentliche Teile seines Ateliers waren: ein überdimensionierter Ohrensessel, in dem unsere zweite Tochter Laura, damals sechs Jahre alt, Scullys dicke Katze kraulte. Daneben ein Tischtennistisch, an dem ich drei Flaschen Wein verlor, weil ich mir nicht vorstellen konnte, mit welcher geschwinden Grazie er seinen ungeschlachten Körper bewegte.

Intensive Gespräche. Die Ölbilder waren – sagen wir – zu hermetisch. Dann stundenlanges Diskutieren von Aquarellen. Schließlich zogen wir ab mit zwei kleinen Arbeiten und dem guten Gefühl, einen ent-, aber auch bereichernden Nachmittag verbracht zu haben.

Später dann zu Roni Horn, einer jungen New Yorker Künstlerin, vertreten von Rafael Jablonka, einem damals ebenfalls noch jungen Junggaleristen, hungrig und mit gutem Auge. Roni stammte aus Brooklyn und hatte ihre Anfänge als Gelegenheitsdealerin finanzieren müssen.

Wir waren von Rafael avisiert und wurden begleitet von einer Münchner Dame der Gesellschaft, ehemalige Großsammlerin, bekannt für exzentrische Hüte und Kostüme. In diesem Fall Rena Lange mit Goldknöpfen und rotem Cappi mit Feder.

Wir klingelten an der Tür eines abbruchreifen Hauses in Chelsea. Ein junger Assistent öffnete, sah Rot und Goldknöpfe und wollte die Tür schließen. Ich schob den Fuß dazwischen und fragte nach Roni Horn, er antwortete: »Hi, I'm Roni« und brachte uns in sein/ihr Atelier. Rafael hätte uns besser vorbereiten sollen.

Ronis Arbeiten sind eigenwillig, unspektakulär, irgendwie europäisch. Sie hat ein ungewöhnliches

Gespür für Natur und natürliches Material, eingebunden in gedankliche Konzepte, die nicht im Formalen erstarren und die sie überzeugend vertritt.

Die Sammlerin war verschreckt. Sie saß mit durchgedrücktem Rücken, fluchtbereit, wie ein ironisches Zitat aus einer anderen Welt.

Wir waren von Roni beeindruckt und leben seitdem nicht nur mit einigen ihrer Arbeiten, sondern auch mit der Erinnerung an diese erste surreale Begegnung. Ronis Opfer als Käufer zu werden, war eine Bereicherung. Etwas problematischer dagegen meine Opferrolle als Erziehungsberechtigter, in die ich von ihr gedrängt wurde: Einige Jahre später wohnte Roni für wenige Tage bei uns in München, um eine Ausstellung vorzubereiten. Ich selbst bemühte mich zu dieser Zeit, als Anwalt erfolgreich zu sein, konnte also an den mittäglichen Familienessen nicht teilnehmen und wurde demzufolge mit Ronis ungewöhnlicher Technik der Nahrungsaufnahme nur mittelbar konfrontiert: durch meine Kinder. Diese hatten innerhalb kürzester Zeit mit perfider Fröhlichkeit das, was wir in jahrelanger Anstrengung als bürgerliche Esstechnik zu implantieren versucht hatten, über Bord geworfen. Die große Künstlerin war zum wohlfeilen Feigenblatt umfunktioniert und es bedurfte längerer Zeit, um in diesem Bereich Elternautorität wiederherzustellen ...

Aber auch Roni wurde während dieser Zeit Opfer: des deutschen Feuilletons nämlich. In einer der großen deutschen Tageszeitungen erschien ein Bericht über ihre Ausstellung in London, in der sie Fotos der Wasseroberfläche der Themse zeigte, aufgenommen an den Stellen, an denen Selbstmörder den Freitod gesucht hatten. Dieser Bericht war kaum Kunstkritik, sondern ähnelte in seiner Anmutung einer Erzählung des reichen Onkels aus Amerika, der den staunenden Zurückgebliebenen von der großen weiten Welt berichtet. Verfasst war er von einer Professorin für Ästhetik, dezent, mondän, koryphäengeneigt. Verwirrend nur, dass sie von einem amerikanischen Künstler schrieb, den sie Roany Horn nannte, welcher Wellenstrukturen eindringlich sinnig, ja poetisch erfassen würde. Nicht zwingend deckungsgleich mit dem Wahlspruch der Autorin, dass Instinkt und Kenntnisse ihre maßgeblichen Kriterien bei der Beurteilung zeitgenössischer Kunst seien. Ein klarstellender Brief blieb natürlich unbeantwortet ...

Damien Hirst, Sarah Lucas und Tracy Emin haben wir nicht in ihren Ateliers besucht, sondern lange vor ihrer Aufnahme in die manchmal kurzlebige Hall of Fame der Gegenwartskunst in einer Pizzabude in Köln erlebt. Damien hatte seine erste Ausstellung bei Rafael Jablonka, das folgende Abendessen war lang und alkoholisch. Tiefer gehende Erkenntnisse über Kunst brachte es allenfalls mittelbar, da sich der Wortschatz der Young British Artists im Wesentlichen auf »Fuck« und »Shit« konzentrierte. Die gelegentlich eingestreuten Füllselbemerkungen waren durch cockneyverwandte Idiome schwer nachvollziehbar. Auch hier wären Käufe spekulativ sinnvoll gewesen, aber geblieben ist mir nur eine kleine Zeichnung von Tracey Emin: ein aus der Balance geratener verhärmter Körper einer Frau, zerbrechlich und isoliert, als hätte sie Schiele vom dekorativen Ballast befreien und ihre Existenz auf einen schmerzhaften Punkt bringen wollen.

Gekauft habe ich die Arbeit lange nach diesem Treffen, erst dann nämlich, als ich ihre bewegende Videoarbeit »Why I Never Became a Dancer« gesehen und festgestellt hatte, dass mein negatives Urteil – wie so oft – vorschnell gefällt war.

Marktmanipulationen zu sehen, Spekulationsmuster zu erkennen haben sicherlich dazu geführt, dass ich manche Fehler vermieden habe, manches aber auch nicht gekauft habe, was ich heute bereue. Beschränkte Mittel haben, im Positiven wie im Negativen, ebenso dazu beigetragen. Man ist gezwungen, sehr genau hinzuschauen, damit nicht ein schlechterer Kauf den besseren unmöglich macht. Und für den Sammler ist ein schlechter Kauf fast schlimmer als das Geld auf der Straße zu verlieren, da er durch die minderwertige Arbeit ständig an eigene Selbstüberschätzung und Beurteilungsfehler erinnert wird – und nichts kränkt den Sammler bekanntermaßen mehr, als die Qualität seines »guten Auges« in Zweifel zu ziehen.

Fälscherkunst

Vielleicht ist, neben der besonderen Beziehung zur Khmer-Kunst, die Angst vor Bewertungsfehlern der Grund, warum es mich manchmal auf scheinbar sicheres Terrain zurückzieht, zu einem überschaubaren Formenkanon, mit dem man lange Jahre vertraut ist und innerhalb dessen es leichter fällt, künstlerische Qualität zu erkennen als im Bereich der zeitgenössischen Kunst.

Hier droht jedoch ein anderes Problem: die inzwischen überbordende Zahl von Fälschungen. Es gibt geklonte Khmer-Skulpturen überall – in Galerien, in privaten und auch in öffentlichen Sammlungen – und jeder, den ich in diesem Bereich kenne, einschließlich meiner selbst natürlich, hat bei der Frage der Authentizität Fehler gemacht.

Es sind sicher zwei wesentliche Aspekte, die dazu beitragen:

Nennen wir zuerst die exogenen Gründe, das heißt diejenigen, die nicht mit der Person des Beurteilenden, sondern mit dem Objekt zu tun haben. Und hier ist – wie so oft – das Geld entscheidend: Bei der Höhe der inzwischen gezahlten Preise und der möglichen Verdienstspanne spielt für den Fälscher der Faktor Zeit keine Rolle mehr. Ob an einem Objekt ein oder mehrere Jahre gearbeitet werden muss, ist angesichts der Arbeitskosten in Thailand oder Vietnam ohne Bedeutung. Dazu sind diejenigen, die in diesem Bereich wirken, hochbegabte Kopisten. Sie haben ein natürliches Gespür dafür, nicht nur die Form, sondern teilweise auch den Ausdruck authentischer Stücke nachzuempfinden.

Natürlich kann man diese Fragen mit all den inzwischen bekannten technischen Untersuchungsmethoden angehen, die hier nicht dargestellt werden können. Niemand sollte aber glauben, solche Methoden könnten den zwingenden Beweis der Echtheit erbringen – sie sind allenfalls in der Lage, Kriterien auszuschließen, die eine Fälschung nahelegen würden. Und leider kann man sie ohnehin oft nicht anwenden, egal, ob man von einem eitlen Sammler kaufen will, der jeden Zweifel an der Authentizität seines Stücks als persönliche Beleidigung empfindet, oder von einem Händler mit Take-it-or-leave-it-Mentalität.

Vielschichtiger sind aber die endogenen Gründe, die in der Person dessen angelegt sind, der ein Objekt beurteilen muss.

Vorab: Wir haben es – was unsere Kenntnisse angeht – mit einem relativ jungen Kunstbereich zu tun. Und gerade hier ist die Intensität mancher Meinungsäußerungen umgekehrt proportional zum Kenntnisstand; wenn die Autorin eines Buches über kambodschanische Kunst erstaunt erklärt: »The best fakes are produced from ancient stones« (als ob es junge Steine gäbe!), wird dies wohl deutlich erkennbar.

Es gibt auf der ganzen Welt sicherlich nur eine sehr geringe Anzahl von Kennern mit solider Expertise – und dies sind im Wesentlichen nicht diejenigen, die sich mit dem Thema vorwiegend akademisch-ikonografisch befassen, sondern solche, die sozusagen haptisch und nicht zuletzt finanziell im Tagtäglichen mit der Frage nach Material, Materialbearbeitung und -veränderung und der daraus resultierenden Werthaltigkeit konfrontiert sind.

Ich erinnere mich noch wie heute an die Asian Art Fair in New York vor circa zehn Jahren. Einer der bekanntesten amerikanischen Händler für asiatische Kunst, spezialisiert auf den Großraum China, präsentierte dem hochverehrten Publikum eine etwa 1,40 Meter große Prakonchai-Bronze; 7./8. Jahrhundert, gefunden in Thailand, so hieß es. Eine kunsthistorische Sensation, da es sich bei dieser Stilrichtung um eine der bedeutendsten skulpturalen Darstellungsformen Asiens handelt, mit Meisterstücken in der Rockefeller-Sammlung, dem Metropolitan Museum, dem Nationalmuseum Bangkok und anderen großartigen Sammlungen. Die präsentierte Skulptur hätte all das in den Schatten gestellt. Der Preis belief sich auf über sechs Millionen Dollar, was zur damaligen Zeit eine unerhörte Summe war. Er wurde unterlegt durch den typischen amerikanischen »Binder«, das heißt ein zum Buch gebundenes Konvolut wissenschaftlicher Gutachten, die alle die Echtheit des Objekts belegen sollten.

Martin Lerner, der Kurator des Metropolitan Museums, Stan Czuma, in nämlicher Funktion beim Cleveland Museum, und ich standen befremdet vor dem Artefakt. Unsere Verwunderung – oder besser gesagt Entgeisterung – über diese Fälschung tauschten wir uns nur tuschelnd aus, wohl aus Angst vor dem amerikanischen System existenzvernichtender Schadensersatzforderungen. Und hätte man uns aufgefordert, beweisbar die fehlende Authentizität zu belegen, wären wir sowohl wissenschaftlich als auch verbal in größte Schwierigkeiten gekommen. Trotzdem: Das Stück war »fishy«, »overdone«, »too much« – wie auch immer man es bezeichnen will. Hier traf in besonderem Maße das Bonmot von Ernst Bloch zu, eine Fälschung unterscheide sich vom Original dadurch, dass sie echter aussehe. Der Fälscher hatte – wie es häufig passiert – versucht, die Kopie noch schöner, noch sexier und demzufolge noch verkäuflicher zu machen, als es beim Original der Fall gewesen wäre. Was später über das Stück bekannt wurde, hat unsere Einschätzung übrigens voll und ganz bestätigt.

So etwas zu erkennen ist aber vielleicht das Schwierigste im Bereich der Kunst, weil es voraussetzt, dass man – und ich entschuldige mich ausdrücklich für diese Bezeichnung – die Seele der entsprechenden künstlerischen Tradition erfasst hat. Und das kann man, wenn überhaupt, wohl nur durch jahrzehntelanges intensives und kritisches Sehen.

Oft aber spielen neben fehlendem Wissen noch weitere Kriterien eine entscheidende Rolle: Gier und Arroganz, oder vorsichtiger ausgedrückt, spekulative Gedanken und Selbstüberschätzung oder Naivität.

Der erste Fall: Ein alter Freund lebt seit Jahrzehnten als Geschäftsmann in Bangkok. Er sieht asiatische Kunst als wohlfeiles Instrument, seine westlichen Besucher mit gelebter Exotik zu beeindrucken. Nach und nach realisiert er zu seinem Missvergnügen, dass etliche seiner Freunde Skulpturen kaufen und augenscheinlich einen nachhaltigen Wertgewinn verzeichnen. So fängt auch er an, einschlägige Kontakte zu suchen und, siehe da, es gelingt ihm, zwei echte Kleinbronzen zu vertretbaren Preisen zu erwerben. Gewinne werden realisiert. Sein Appetit wächst ins Maßlose. Er hängt an der Nadel, fleht seine Mittelsmänner geradezu an um größeren, besseren Nachschub. »No material, Master« ist die stereotype Antwort. Dann die Klimax: Als er nach langen Monaten von einem »Runner« nachts kontaktiert wird mit dem Hinweis, man sei gerade dabei, in Mittelthailand eine bedeutsame Skulptur auszugraben, gibt es kein Halten. Quasi im Schlafanzug lässt er sich an den Ort des Geschehens fahren und hat die tiefe Befriedigung, mit eigener Hand den noch in der Erde befindlichen Teil der Skulptur freizulegen.

Umso größer das Entsetzen, als ihn nach stilvoller Präsentation in seinen Wohnräumen einige seiner »Sammlerkonkurrenten« darauf aufmerksam machen, dass es sich um eine eindeutige Fälschung handele und er genial »angefüttert« worden sei. Er hat seine Sammeltätigkeit abrupt beendet.

Ein weiteres Beispiel. Der Besuch eines bekannten Schweizer Künstlers in München. Er interessiere sich leidenschaftlich für außereuropäische Kunst, insbesondere für Khmer-Skulpturen. Jeder, der dies tut, ist mein Freund. Und so fällt es mir leicht, seine eher calvinistische Freudlosigkeit zu übersehen sowie zu vergessen, dass in seinem Werk obsessive horizontale und vertikale Linienführung, verbunden mit depressiven Farben ein merkwürdiger Versuch zu sein scheint, das Sinnliche und Anarchische der Welt zu bändigen.

Er quetscht mich aus: alle Informationen über Kontakte, stilistische Einordnung, Qualitätskriterien und Authentizitätsprobleme werden gnädig entgegengenommen – mein beim Abschied fast flehendlich wiederholter Hinweis auf das Problem der Fälschungen wird jedoch augenscheinlich als Beleidigungsversuch und Wichtigtuerei interpretiert.

Nach einigen Monaten ein triumphierender Anruf: Er habe gerade eine Skulptur erworben, die zumindest genauso gut sei wie diejenigen, die er in Museen und Privatsammlungen gesehen habe. Auf die vorsichtige Frage, ob er sich seriös habe beraten lassen, antwortet er mir, als Künstler bedürfe er dessen nicht. Selbstverständlich könne er Intensität und Qualität, »die Schwingungen« eines Stückes aufgrund seiner besonderen Begabung quasi intuitiv bewerten.

Das erbetene Foto bestätigt die schlimmsten Befürchtungen: Die Skulptur ist eine der leichter erkennbaren Fälschungen der letzten Jahre und stammt aus einer Galerie in Bangkok, deren Reputation unterhalb der eines Andenkengeschäfts angesiedelt ist.

Weil er glücklicherweise noch nicht bezahlt hat, traue ich mich, es ihm zu sagen.

Ich habe von ihm und seiner Sammlung nichts mehr gehört.

All die genannten Gründe kamen wohl in unserem dritten Fall zusammen: Ein junges Münchner Ehepaar, wohlhabend und ergebnisorientiert, beschließt als nächsten Schritt der gesellschaftlichen Karriereplanung, Sammler zu werden. Südostasiatische Kunst ist zu exotisch, afrikanische Skulptur wird nicht als Kunst akzeptiert, zeitgenössische Kunst als zu arbeitsreiches Minenfeld angesehen, das von Scharlatanen wie Beuys gepflügt werde. Es bleibt die antike chinesische Kunst, prestigeträchtig und spekulationsmächtig.

Erste Trophäe ist ein Han-Terrakottapferd, erstanden in Paris, einem der Zentren chinesischer Kunstkenntnis.

Ich werde zur Beratung beigezogen. Leider nur postmortal, wie mein Medizinervater gesagt hätte. »Wir haben da einen Händler auf dem Marché aux Puces kennengelernt, der einen besonders sympathischen Eindruck machte und den mit Abstand niedrigsten Preis gefordert hat. Ein Schnäppchen!«

Die vorsichtige Frage nach Authentizität und entsprechenden Untersuchungsbelegen wird sehr souverän gekontert: eine pompöse Urkunde mit großem Foto und der Bestätigung, dass der am fotografierten Objekt durchgeführte TL-Test zeitadäquate Ergebnisse erbracht habe.

Ich schaue mir erst das Foto an, dann das Pferd, dann noch einmal das Pferd und wieder das Foto. Beide sahen sich wirklich ähnlich: vier Beine, ein Sattel, die Nüstern gebläht. Nur ist einmal das linke Bein, einmal das rechte gehoben, hier das Satteldekor schlicht, dort elaboriert. Kurzum, das Foto zeigt ein Pferd, aber ein anderes.

Wie es mit ihm weitergegangen ist, habe ich nicht in Erfahrung bringen können.

Aber das Problem der Fälschungserkennung ist ein janusköpfiges: Es geht nicht nur darum, ob ein falsches Kunstwerk als echt angesehen wird, sondern auch darum, ob und warum eine echte Arbeit zu unrecht als falsch erklärt wird.

Ich möchte in diesem Zusammenhang einen Satz von Martin Lerner zitieren. Martin hielt einen Vortrag mit dem Thema »Responsibility and Connaisseurship« und hat ebenso deutlich wie überzeugend formuliert: »Es ist ein Kunstfehler, eine falsche Skulptur als echt zu akzeptieren, aber es ist eine Sünde, eine echte Skulptur als falsch zu bezeichnen.«

Und das passiert leider viel zu oft.

Es gibt hierfür genug prägnante Beispiele. Ich habe bei der Eröffnung des neuen Flügels für Indoasiatische Kunst im Metropolitan Museum neben einem französischen Experten gestanden und mit ihm die großartige Figur eines sitzenden Avalokiteshvara aus dem 10. Jahrhundert angeschaut. Es ist eine Bronzefigur, die einen der Höhepunkte der Khmer-Kunst darstellt. Wer von Ihnen die Chance hat, die Figur zu sehen, wird sich ihrer künstlerischen Kraft und Intensität kaum entziehen können. Trotzdem wird sie von meinem Begleiter als »douteuse« bezeichnet. Begründung: ein nicht näher zu spezifizierendes Gefühl.

Ein solcher Ansatz kann mehrere Ursachen haben, fehlende Kenntnis natürlich, vielleicht aber auch fehlendes Selbstbewusstsein oder ängstliche Vorsicht. Natürlich ist es weitaus ungefährlicher, sich nicht festzulegen und eine Skulptur zwar nicht als endgültig falsch, aber als »problematisch« zu bezeichnen, als eine eindeutige Stellungnahme abzugeben, an der man später gemessen werden kann. Darüber hinaus gibt es im Bereich der Khmer-Kunst leider ein, so möchte ich es nennen, chauvinistisches Schisma – Frankreich gegen den Rest der Welt. Die französische Grundeinstellung ist vereinfacht gesprochen diejenige, dass alles, was nicht von französischer Hand ausgegraben, gehandelt oder katalogisiert wurde, im Zweifel falsch sein müsse – ein kunsthistorisch defensiver Reflex gegen den Verlust der langjährigen Dominanz auf diesem Gebiet, die Frankreich als historisch gegeben und sachlich gerechtfertigt zutiefst verinnerlicht hat. Leider hat diese Einstellung großen Schaden angerichtet – nicht allein was die Bewertung einzelner Skulpturen angeht, sondern auch, was die vorurteilsfreie und dringend notwendige Diskussion stilistischer, ikonografischer und qualitativer Fragen innerhalb der Khmer-Kunst betrifft. »Responsible« ist sie jedenfalls nicht.

Langsam scheint ein Umdenken einzusetzen. Die kambodschanischen Museumsspezialisten sind immer offener und betrachten die Auseinandersetzung mit neuen, unbekannten Objekten als bereichernd; sowohl mit Pich Keo wie mit Hab Touch, seinem Nachfolger als Direktor des Nationalmuseums in Phnom Penh, konnte man häufig unvoreingenommene und hochinteressante Gespräche über eigene Objekte sowie die amerikanischen Sammlungen führen.

Aber auch in Frankreich sollten diese Dinge in Bewegung kommen. Das ist nicht zuletzt deswegen wichtig, um die großen Leistungen der École française d'Extrême-Orient aus der Vergangenheit nicht abzuwerten, sondern fortzuführen, und weil gerade in entlegeneren Kunstbereichen die Notwendigkeit eines offenen Diskurses von besonderer Bedeutung ist.

Kambodschas langer Weg

Eine kurze Zeitreise in die jüngste Geschichte Kambodschas, eines Kernlandes großer asiatischer Kunst.

Der erste Besuch: Irgendwann im Juni 1980. Die Vietnamesen hatten eine erfolgreiche Invasion nach Kambodscha durchgeführt. Die Roten Khmer waren offiziell besiegt. Es wurde eine vietnamesisch gesteuerte Regierung eingesetzt. An der Grenze zu Thailand lagerten fast eine Million kambodschanische Flüchtlinge, ein großer Teil der Bevölkerung, die nach den Massenmorden Pol Pots noch am Leben war.

Die Thailänder hatten die Grenzen gesperrt. Sie benutzten die Flüchtlinge als Puffer gegenüber dem Erzfeind Vietnam, vor dessen militärischer Effizienz und (damaliger) ideologischer Durchsetzungskraft sie größte Sorge hatten. Wenige Hilfsorganisationen durften in den Lagern humanitär tätig sein. Genauso dringend war es aber, innerhalb Kambodschas zu versuchen, eine medizinische Notversorgung aufzubauen, was ich für einen privaten humanitären Verein vorbereiten wollte.

Verhandlungspartner für eine solche Aktion war naheliegenderweise die Regierung in Hanoi. Die deutsche Botschaft hatte einen entsprechenden Termin vorbereitet, und so sitze ich mit einem Vertreter der katholischen Kirche als einzigem Mitreisenden in einer kleinen Iljuschin, die jedem Luftfahrtmuseum zur Ehre gereicht hätte.

Es war Regenzeit, früher Abend, die Maschine landete auf einem Rollfeld, das knöchelhoch mit Wasser bedeckt war. Die Türen gingen auf, zwei Vietnamesen mit Maschinengewehren führten den ersten von vier Einreisesicherheitschecks durch. Nach einiger Zeit durften wir die Maschine verlassen. Ich bemerkte erstaunt, dass es sich bei den Bugrädern um Weißwandreifen handelte, wurde jedoch von der katholischen Kirche darauf hingewiesen, dass wir auf abgefahrenem Leinen gelandet waren.

Danach die Fahrt in ein – das einzige – sozialistisches Vorzeigehotel aus verblichenem Beton. Es war kalt, lieblos, hatte den Charme einer Aussegnungshalle. Trotz der katholischen Begleitung fühlte ich mich relativ einsam.

Doch dann ein Geschenk des Himmels: Vertraute Laute, deutsche Sprache, Landsleute! Eine Gruppe von Anzugträgern im angeregten Gespräch; ich ging erfreut auf sie zu und stellte die stereotype Touristenfrage: »Kommen Sie auch aus Deutschland?« Eisiges Schweigen war die Antwort, eine Mauer von Abwehr errichtet, meine Landsleute drehten sich um und ließen mich stehen, einsam wie vorher. Ich war ein Klassenfeind. Sie kamen aus Leipzig.

Wenn ich mich an diese Konfrontation mit dem realen Sozialismus Deutschlands erinnere und heute mit Freunden oder Geschäftspartnern aus der ehemaligen DDR rede, wird mir klar, welche dramatischen weltpolitischen und ideologischen Veränderungen während unserer Lebensphase stattgefunden haben …

Die Gespräche mit der vietnamesischen Seite verliefen ergebnislos; eine unmittelbare Aktivität in Kambodscha, die nicht unter Federführung und Kontrolle des vietnamesischen Militärs stattfand, wurde als zu »schwierig« und »sensibel« erachtet.

Es blieben uns noch wenige Stunden, um zumindest zu versuchen, die Stadt und ihre Stimmung zu erkunden. Ein Rikschafahrer fuhr uns durch fast menschenleere Straßen. Verfallene Kolonialhäuser, kleine Garküchen bei Kerzenlicht. Elektrizität schien nur spärlich und in großen Abständen zu existieren. Es wirkte in den späten Nachmittagsstunden so, als habe sich ein dunkler Schleier über die Stadt gelegt, die durch ihre alte Bausubstanz, ihre Anlage und die Erinnerung an eine andere Zeit immer noch einen eigenartigen morbiden Reiz vermittelte.

Plötzlich sahen wir Licht, hörten Geräusche, standen vor dem Eingang zu einem hell erleuchteten Compound, der wie ein gerade gelandetes Ufo wirkte. Es war die Botschaft eines Landes, das berühmt war für Lebensfreude und Trinkfestigkeit: Australien. Integraler Bestandteil des Botschaftsensembles war die zur damaligen Zeit sagenumwobene »Billabong Bar«, der einzige emotionale und alkoholische Hafen für westliche Ausländer in diesem Meer aus Ideologie und Militär. Sämtliche Korrespondenten, Diplomaten und zwielichtige Existenzen aller Art trafen sich dort zweimal in der Woche. Es gab etwa hundert Sorten Bier, der Konsum war entsprechend und die ultimative Trophäe, ein Wimpel mit der Aufschrift »I had a drink in the Billabong Bar«, anscheinend das Statussymbol für verschrobene Abenteurer. Es hängt heute im Zimmer unserer jüngsten Tochter.

Am nächsten Tag Weiterflug nach Phnom Penh, um meine ergebnislosen Verhandlungen fortzusetzen. Ich muss zugeben, dass ich aufgeregt war. Die Hauptstadt des kambodschanischen Reiches war auf der einen Seite eine Art Shangrila für all das, was ich in der asiatischen Kunst schätze; auf der anderen Seite war sie ein Symbol für die Schreckensherrschaft von Pol Pot und erst vor kurzer Zeit von den Vietnamesen eingenommen worden. Wir konnten nur ahnen, was auf uns zukommen würde.

Am Flughafen – um ihn der Einfachheit halber als solchen zu bezeichnen – erwartete uns ein junger Kambodschaner, Mr. Sim, Repräsentant einer nicht näher definierten Behörde. Sein Gesicht war geschnitten wie dasjenige einer der Apsaras von den Reliefs in Angkor Vat. Dazu war er charmant und hilfreich. Wäre nicht meine genetische Disposition eine andere, hätte ich vielleicht versucht, mit ihm einen Hausstand in Kambodscha zu gründen.

Unsere Unterkunft war ein verlassenes Haus ohne Fensterläden, Wasser und Elektrizität waren nicht vorhanden, wir schliefen auf dem Boden.

Die Stadt hatte in ihrer Blüte sicherlich mehr als eine Million Einwohner. Pol Pot hatte sie leer geräumt, die Nationalbank gesprengt, sämtliche Symbole alter Herrschaftsstrukturen zerstört. Die Scherengitter vor den Straßenläden heruntergelassen, teils herausgerissen. Es war eine Geisterstadt, in die sich ihre alten Bewohner nur langsam zurücktrauten. Bisher vielleicht zehn- oder zwanzigtausend auf einer Fläche von vielen Quadratkilometern. Man konnte ab und zu in weiten Entfernungen einzelne Kerzen auf dem Boden flackern sehen, kleine Gruppen, die der Nacht entgegendämmerten. Szenen wie diese kannte ich allenfalls aus amerikanischen Filmen über die Apokalypse nach Angriffen extra-terrestrischer Mächte, unglaubwürdig genug, hier aber real.

Am nächsten Tag das gleiche Spiel wie in Hanoi: Gespräche mit Verantwortlichen, die keine Verantwortung übernehmen konnten, politische Erklärungen zu Kriegsschuld und historischen Problemen, eine Tätigkeit innerhalb des Landes zu dieser Zeit war ausgeschlossen.

Auch hier blieben uns noch einige Stunden bis zum Rückflug in die westliche Welt, und auch hier konnte man ahnen, warum Phnom Penh während der Kolonialzeit als die »Perle Südostasiens« angesehen wurde: breite Alleen, tropische Vegetation, koloniale Prunkarchitektur, die malerische Lage am Tonle Sap, Theater, Museen, Lebendigkeit. Und was wir sahen, war allenfalls eine Ahnung von dem, was sich an Vitalität, Lebensfreude und kultureller Verfeinerung hier konzentriert haben muss.

Ein weiterer Besuch in Kambodscha fand einige Jahre später statt – und dieses Mal trafen wir Professor Claude Jacques:

Wir liefen ihm – vital und neugierig – und seiner wissenschaftlichen Assistentin im Tempelkomplex von Angkor immer wieder über den Weg. Kurze Gespräche, Austausch verschiedener Ansichten folgten, schließlich luden wir ihn für den Folgetag zu einem Drink in unser »Hotel« in Phnom Penh ein. Auch er plante nämlich einen ausführlichen Besuch des Nationalmuseums und so wollten wir unsere Gespräche fortsetzen.

Wir, das waren in diesem Fall mein damaliger Reisebegleiter Walter G., seines Zeichens Geschäftsmann, und ich. Walter pflegte übrigens durchgängig mit Anzug, Krawatte und Aktenkoffer zu reisen, hatte dies aber nach der Besteigung des siebten Tempelberges bei etwa vierzig Grad zu überdenken angekündigt.

Am nächsten Morgen in Phnom Penh, kurz vor

Sonnenaufgang. Walter war nicht unwesentlich älter als ich, aber in wesentlich besserer körperlicher Verfassung. Er zwang mich, ihn beim morgendlichen Joggen zu begleiten, mit dem Hinweis auf freundschaftsbedingte Fürsorgepflicht. Zu dieser Zeit waren zwei schwitzende, keuchende, leicht angejahrte europäische Jogger ein in Phnom Penh unbekanntes Phänomen. Wir wurden angestarrt wie zwei Clowns, die das Auftreten eines Zirkus ankündigen.

Die letzten schmerzhaften Kilometer führten uns am ehemaligen Großmarkt vorbei. Einige Läden hatten wieder geöffnet und boten Überbleibsel der merkwürdigsten Art an.

Ich blieb gebannt stehen. Walter vermutete Schwäche, ich dagegen fühlte Begeisterung. Ich hatte aus den Augenwinkeln ein Symbol westlicher Dekadenz entdeckt: das schrille Gelb der Etiketten auf zwei Flaschen Veuve-Cliquot-Champagner.

Die Transaktion wurde bewältigt, die Flaschen im Triumph in unser Hotel gebracht. Welche Chance, als Deutscher die Grande Nation de la Culture in Form von Professor Claude Jacques zu beeindrucken!

Die nächsten langen Stunden verbrachte ich

vergeblich damit, in einer Rikscha Phnom Penh abzufahren, um irgendwo Eis zur Kühlung aufzutreiben.

Die Stunde der Einladung näherte sich. Die beiden Flaschen erweckten sehnsüchtige Gefühle nach diesen langen heißen Reisetagen. Professor Jacques verspätete sich unakademisch, deswegen mein zaghafter Vorschlag an Walter: »Lass uns vielleicht mit der ersten Flasche vorsichtig anfangen …«

Ein großer Moment: Das Stanniol löste sich leicht, der Korken glitt geräuschlos aus dem Flaschenhals. Die klebrig-schwefelgelbe Flüssigkeit, die wir als Champagner vermutet hatten, verbreitet einen stechenden Geruch; tauglich allenfalls zum Briefmarkenkleben. Sie musste über Jahrzehnte und bei tropischen Temperaturen durch den Dschungel transportiert worden sein.

Die zweite Flasche ebenso. Professor Jacques näherte sich. Der erhoffte deutsche Triumph in einem Segment urfranzösischer Lebensart war verspielt.

Johnny Walker Red Label musste einspringen und erwies sich – zumindest langfristig – als wirkungsmächtiger Ersatz. Der Abend war laut und fröhlich. Der nächste Morgen schmerzlich.

Der Schmerz verging, als ich mit dem Direktor Pich Keo die Schätze der Depots im Nationalmuseum besichtigen konnte. Ich hatte auf einer der vorangegangen Reisen Spenden organisiert, um für dieses Depot Regale bauen zu lassen, da die Skulpturen zweimal im Jahr aufgrund der Überschwemmungen unter Wasser zu liegen verurteilt waren. Nun standen sie zugängig und sichtbar - und waren eine Augenweide.

Wieder französische Laute. Es war die Grande Dame der französischen Kunstgeschichte Südostasiens: Madeleine Giteau. Ich hielt mich bedeckt, um den heiligen Ort nicht durch mögliche kunsthistorische Kontroversen zu entweihen.

Am nächsten Morgen saß sie zufällig neben mir in der Maschine nach Bangkok. Eine zauberhafte Dame, kultiviert, kenntnisreich und mit der Erfahrung eines langen Lebens. Mein Französisch nahm langsam Fahrt auf, und endlich stellte ich die Frage, die mir schon lange auf der Seele lag: »Madame, wie schätzen Sie die Qualität der großen amerikanischen Sammlungen – Metropolitan Museum, San Francisco, Cleveland – ein?«

Die Antwort war ebenso kurz wie verblüffend: »Die kenne ich nicht und es sind im Zweifel ohnehin nur Fälschungen.«

So weit zum vorurteilsfreien Umgang mit der Kunstgeschichte.

Irgendwie musste Claude Jacques ein Champagnertrauma ausgelöst haben. Zwei der folgenden Besuche in Kambodscha hatten jedenfalls nachhaltig mit diesem Getränk zu tun.

Etwa 1992. Man konnte den engeren Tempelbereich um Angkor Vat und den Bayon verhältnismäßig ungefährdet besuchen. Ein großer Teil der Tretminen war angeblich geräumt worden, die ausgetretenen Wege waren begehbar. Trotzdem herrschte eine seltsame Spannung. Die ersten freien – was auch immer das in Kambodscha bedeuten konnte – Wahlen standen kurz bevor und ihre Durchführung sollte von einer internationalen Schutztruppe der Blauhelme gesichert werden. Stationiert waren sie für die Provinz Siem Reap im Grand Hotel. Ich hatte hier bei meinem ersten Besuch Angkors gewohnt, war sozusagen ein Nachfolger der Roten Khmer, die diesen Platz zu ihrem Hauptquartier gemacht hatten. Dieses Wohnen bestand damals im Wesentlichen in Kakerlakenjagd, ebenso hektisch wie erfolglos. Aus den Wasserhähnen des Badezimmers kam tatsächlich Wasser; die Farbe oszillierte zwischen grau und dunkelbraun.

Jetzt mussten sich die vielfarbigen Blauhelme, braune, gelbe, weiße und schwarze Gesichter aller Nationalitäten, alle in martialischer Tarnuniform, mit diesem Phänomen auseinandersetzen. Kultureller Mittelpunkt des Geschehens war die Hotelbar. Warmes Bier, Zigaretten und eine große Videoleinwand. Statt der soldatenadäquat erwarteten Erotikfilme Videos über Extremskifahren in den Schweizer Alpen. Bei fünfunddreißig Grad Außentemperatur, der wohl skifremdesten personellen Besetzung und an diesem Ort des politischen Durcheinanders eine wahrlich surreale Situation.

Unser Freund Eckart, Eva und ich zogen uns mit unseren zwei wie Augäpfel gehüteten lauwarmen Flaschen Champagner (damals noch im Handgepäck transportierbar) in den Speisesaal zurück. Pompös und dunkel, die Fünfzigerjahre-Sofas und Sessel mit vergilbtem Plastik überzogen, auf den Tischen geklöppelte Spitzendeckchen. Warmer Champagner ist immer noch besser als warmes Bier. Der Kommandeur der Blauhelme war unser Gast. Er versicherte uns unglaubwürdig, unsere geplante Fahrt zum Banteay-Srei-Tempel, einem Juwel etwa vierzig Kilometer von unserem Standort entfernt, sei unproblematisch. Die letzte Granate der Roten Khmer habe vor vierzehn Tagen zwar einen Lastwagen getroffen und zwei Kunstinteressierte getötet. Inzwischen habe sich die Situation jedoch entspannt.

Banteay Srei, den wir also mit gesträubten Nackenhaaren besuchten, war manches Risiko wert: harmonische Proportionen, filigranes Dekor, eine fast ländliche, einsame Stimmung. Qualitativ ist der Tempel trotz vieler großer gestalterischer Unterschiede irgendwie den indischen Hoysala-Tempeln in Karnataka verwandt, die etwa zweihundert Jahre später entstanden.

Beim nächsten Besuch war die Welt eine andere: Das Grand Hotel für Touristen bewohnbar, es war abzusehen, dass sich die Preise bald Weltstadtniveau annähern würden. Siam Reap fing an, Großbaustelle zu werden, um sich für den Ansturm Hunderttausender Besucher zu wappnen, die schon wie die Ameisen die Tempel bekrabbelten, glücklicherweise aber fast ausschließlich die zentralen Heiligtümer.

Auch die Deutschen beteiligten sich intensiv an den Wiederbelebungsversuchen. Professor Hans Leissen leitete die Restaurierungsmaßnahmen der Reliefs in Angkor Vat, Professor Jaroslav

Poncar, ein langjähriger Freund, dokumentierte sämtliche Kunstwerke und Reliefs mit einer verzerrungsfrei arbeitenden Slitscankamera. Beide waren schon längere Zeit und mit großem Erfolg vor Ort tätig.

Jaro hatte mich immer wieder aufgefordert, ihn bei seiner Arbeit zu besuchen. Von Bangkok, das ich inzwischen frequentierte wie ein Süchtiger die Opiummatte, flog ich ebenso spontan wie unangekündigt nach Siam Reap. Ich wollte ihn überraschen mit einer, diesmal eisgekühlten, Flasche Champagner.

Jaro war in Siam Reap nirgendwo aufzufinden – bis ich schließlich erfuhr, dass er, um von Touristen ungestört zu sein, Nachtaufnahmen am Bayon mache.

Ein Taxi zu organisieren war erstaunlich schwierig, da Fahrten nach Anbruch der Dunkelheit bei den Kambodschanern noch immer tief sitzende Ängste hervorriefen. Endlich hatte ich einen Mutigen gefunden. Er versuchte, Gefährdung durch Vollgas zu vermeiden, und so rasten wir mit halsbrecherischer Höchstgeschwindigkeit millimetergenau durch die großen Tore der Eingangsbrücken. Von Ferne konnte ich die Kamerabeleuchtung sehen.

Der Gebete murmelnde Fahrer war heilfroh, mich aussteigen zu lassen, und verschwand. Ich schlich, bewaffnet mit meiner Flasche und zwei Gläsern, im Dunkeln, geschickt wie Karl May jedes Versteck ausnutzend, in Richtung Tempel und Fotocrew. Kurz hinter Jaro ließ ich den Korken knallen. Ein kollektiver Aufschrei. Entsetzen. Meine Überraschung war wahrlich gelungen.

Ich war umringt von Khmer-Soldaten mit entsicherten Gewehren und Fingern am Abzug. Sie waren zum Schutz der Deutschen abgestellt worden, um eventuelle Überbleibsel von Roten Khmer abzuwehren.

Hätten sie mich schleichend entdeckt, wäre meine extensive Reisetätigkeit wahrscheinlich zu einem jähen physischen Ende gekommen. Es war meine gefährlichste Situation auf allen Reisen nach Kambodscha, und die war champagnerverschuldet …

Jaro und die Studenten waren trotzdem begeistert. Eine Flasche war nicht viel für alle, machte aber die Tropennacht vor den spektakulären und höchst kunstvoll ausgeleuchteten Reliefs zu einem denkwürdigen Erlebnis.

Die vorerst letzte Reise nach Angkor, etwa 2004, bestätigte manche unserer Befürchtungen: Das

Grand Hotel eine überteuerte Luxusherberge; die Bauwut drohte aus dem beschaulichen Provinznest ein modifiziertes Disneyland zu machen, die Anzahl der Touristen hatte sich verzehnfacht. Das, was die besondere Faszination Angkor ausmachte – die Ruhe, bereichert nur von Geräuschen des Dschungels, die träge Naturbelassenheit vieler Tempel, die versprengten Farbtupfer der Mönchsgewänder und einheimischen Pilger –, gehörte wohl endgültig der Vergangenheit an. Das alte Angkor-Gefühl konnte man nur noch dann erleben, wenn man die Tempel zu absonderlichen Tageszeiten besuchte oder zu den abgelegenen Heiligtümern fuhr, die vom üblichen Ein-Tages-Touristen nicht besichtigt wurden.

Jaro empfiehlt mir, nach Kbal Spean zu fahren, einem besonderen Naturheiligtum: Ein breiter Bach floss über die Abhänge einer vom Dschungel überwachsenen Hügelformation. In seinen felsigen Boden sind Tausende Lingams geschlagen, eine abstrakte Darstellung Shivas, die Zeugungskraft und Energie symbolisiert. Der Aufstieg war so malerisch wie schweißtreibend. Auf dem Rückweg entdeckte ich einen Wasserfall. Er hatte einen kleinen Badeteich ausgewaschen, sein Wasser war vor dem Sturz in die Tiefe über Tausende von Lingams gelaufen. Baden könnte wegen Bilharziose problematisch sein. Trotzdem: Ich warf sämtliche Bedenken über Bord, da fester kambodschanischer Glaube einem längeren Stehen unter dem Wasserfall »regenerative Wirkung« zutraute. Bilharziose habe ich nicht bekommen, eine regenerative Wirkung festzustellen bedurfte guten Glaubens. Weitere Versuche wurden ins Auge gefasst.

Das römische Pferd

Jaro und seine Crew verabschiedeten mich herzlich. Die kleine Maschine aus Siam Reap landete wieder in Bangkok. Ich trat auf die Gangway – und dann wieder dieser aufregende Moment: ein tiefes Einatmen der tropisch warmen Luft, angereichert mit Kerosin, exotischen Gerüchen. Fast wie beim Pawlowschen Hund lief mir das Wasser im Mund zusammen. Der Galerienrundgang (oder besser gesagt die Rundhatz) konnte beginnen.

Und diesmal sollte es sich wirklich lohnen. Mein Traum war immer eine Skulptur der Mon gewesen und ich hatte jeden Sammler, Händler und Galeristen mit dieser ach so existenziellen Notwendigkeit malträtiert: »If ever ... please let me know immediately ...«

Diese Mon sind eine Ethnie, die lange Jahrhunderte Thailand, und übrigens auch weitere Teile Burmas und Kambodschas, dominiert hat, Thailand zumindest so lange, bis die Thai im circa 11. Jahrhundert aus Südchina in das Land eingewandert sind. Ihre Kunst ist eine der größten

Schöpfungen Südostasiens, die die Höhepunkte der indischen Gupta-Kunst nachempfindet, aber mit eigener Aussage bereichert.

Der Händler Kasem war es, der meinen Traum wahr werden ließ. Er stammte aus der ältesten thailändischen Kunsthändlerdynastie, sein Vater hat geholfen, die großen amerikanischen Sammlungen von Norton Simon und John D. Rockefeller 3rd aufzubauen, seine Stücke schmücken viele große Museen.

Auch er wusste von meinem Anliegen. Als er beiläufig sagte: »Mein Vater hat vor langen Jahren einen hochwertigen Mon-Kopf an ein philippinisches Sammlerehepaar vermittelt, das gerade in Scheidung lebt«, war ich elektrisiert. Die Frau wollte anscheinend verkaufen, und ich sah mich schon im Flugzeug nach Manila.

Aber die Sache war komplizierter als vermutet: Möglicher Gesichtsverlust der Verkäufer ließ meine aktive Beteiligung nicht zu. Kasem flog. Ich zahlte. Die Kosten und den Kopf. Wenn er mir nicht gefiele, würde er ihn für mich weiterverkaufen.

Nach langer Zeit kam eine Kiste aus Manila an. Meine Hände waren beim Auspacken nicht unter Kontrolle. Ich entfernte das Seidenpapier. Der Moment der Wahrheit; Traum oder Albtraum.

Es dauerte vielleicht eine Sekunde, dann war die Frage entschieden. Der Kopf war fast verstörend intensiv und beeindruckend. Das Risiko hatte sich gelohnt. Ein weiterer dieser Momente: magisch, aber teuer.

Geärgert habe ich mich übrigens nie über gute Objekte, die ich zu teuer eingekauft habe. Dieser Schmerz ist schnell vergessen. Quälend sind vielmehr die mittelmäßigen Arbeiten, zu deren Kauf man vom »günstigen Preis« verführt wird und die uns unseren Mangel an Konsequenz und Urteilskraft immer wieder vor Augen führen.

Fast tragische Auswirkungen hatte eine solche Fixierung auf den günstigen Preis bei einem Sammlerfreund: Immer wenn er von einer kaufgeneigten Reise (und das ist jede seiner Reisen) zurückkam, erklärte er mir nachdrücklich, warum er ein großartiges Objekt nicht gekauft habe – der Preis sei zu hoch gewesen –, um in einem Nebensatz etwas beschämt zuzugeben, für denselben Preis zwei günstige, nur »etwas weniger schöne« Arbeiten gekauft zu haben. Seine späteren Verwertungsversuche haben ihn böse bestraft.

Und dieser weitere magische Moment bringt uns zu Richard Salmon. Eine kleine irritierende Beschädigung musste restauriert werden, und da ein Sammlerfreund ebenfalls Restaurierungsbedarf bei einem seiner Objekte fühlte, ging ich auf Spezialistensuche. Einer von ihnen war dieser hagere Engländer mit trockenstem Humor, den er noch unter Beweis stellen sollte.

Seine Zauberhände gingen an die Arbeit.

Das Resultat war verblüffend und ich platzte vor Stolz, einen solchen Meister zu Höchstleistungen herausgefordert zu haben – wie ich glaubte.

»That must have been a challenging task!«, sagte ich kennerisch.

Die Antwort war verblüffend: »Not really.«

Kurzes Schweigen und dann meine schmallippige Frage: »What can be more interesting than to restore such a beautiful head?«

»Oh, a couple of weeks ago I had to restore the head of a Roman marble horse.«

»But what on earth is more interesting about a damn horse head?«

»There was only one ear left.«

Er war ein Künstler. Und er konnte nur Engländer sein.

Jetzt steht der Kopf und schaut auf eine Gruppe von Twombly-Fotos, und es ist immer wieder erstaunlich, wie das Auge durch die Konfrontation der strengen asiatischen Skulptur mit zeitgenössischer Kunst herausgefordert und bereichert werden kann. Ein weiblicher Torso neben einer frühen Beuys-Zeichnung, eine dominante männliche Götterfigur gegenüber dem Porträt, das Andy Warhol von Judy Garland gemacht hat, ein silberner Buddha aus Laos neben einer Fotoarbeit von Sherry Levine; manche Zusammenstellung kann zur Einheit in der Vielfalt werden, die mehr über Kunst vermittelt, als jede kunsthistorische Abhandlung, neue Wahrnehmungszusammenhänge eröffnet, den Dingen neue Dimensionen, eine gewisse Surrealität verleiht.

Sockel und Rahmen

Vom Kopf zu seinem Unterbau, dem Sockel: Die Sockel der Skulpturen, die in den Achtzigerjahren in Bangkok angeboten wurden, konnte man nur bei gutherziger Betrachtungsweise als schlicht und puristisch bezeichnen; für die Händler waren sie notwendiges Übel, um zu verhindern, dass die Skulpturen umfielen. Das durfte natürlich einem europäischen Sammler, der seine Objekte zu zelebrieren versucht, nicht genügen.

Kostengünstiger Minimalismus musste also gegen pilatihaftes Lifestyle-Design getauscht werden. Schief geschnittenes Tropenholz gegen damals modisches Plexiglas.

Da trug ich also eine meiner frühesten und natürlich, wie immer, wichtigsten Erwerbungen wie eine junge Mutter ihr Erstgeborenes vorsichtig eingewickelt in den Armen. Einen thailändischen Sukothai-Buddhakopf aus Stuck: selten, ungewöhnlich, ein sammlerisches Statussymbol und mein ganzer Stolz.

Begleitet wurde ich mitfühlend – wie zu einem

Krankenhausbesuch mit schwieriger Operation – von meiner damaligen großen Liebe. Glücklicherweise war ihr entgangen, dass diese ihre Position seit Ankunft der Kiste aus Asien von einem weitaus lebloseren Objekt übernommen worden war. Sie nannte mich sinnigerweise wegen meiner wenig filigranen Figur »Klötzchen«.

Der Kopf musste vom billigen Holzklotz befreit werden. Ich war mit meinem hilflosen Heimwerkerversuch gescheitert und hatte mir die Hand verletzt. Gefragt war demzufolge eine Koryphäe bayerischer Handwerkskunst, empfohlen von einem Sammlerfreund.

Schon beim Betreten der Werkstatt beschlich mich ein diffuses Angstgefühl. Umso eindringlicher versuchte ich dieser Respektperson des goldenen Handwerks zu vermitteln, wie bedeutsam und zerbrechlich der Kopf sei, mit welcher Vorsicht der Trennungsversuch vorgenommen werden müsse. Vergeblich natürlich. Die naturgegebene Autorität des Handwerksmeisters, der selbstbewusste Hinweis auf seine jahrzehntelange Erfahrung im Metier machten mir klar, dass ich ein ängstlicher Kopfmensch war. Ich ergab mich in mein Schicksal, unruhig und verlegen.

Dann folgte der Moment, in dem ich – bis zum

heutigen Tag – dem vorzeitigen Ableben durch Schlaganfall oder Herzinfarkt am nächsten war.

Drei harte Schläge gegen den Sockel, geführt mit nerviger Hand an Hammer und Meißel, und Kopf und Sockel waren getrennt – ersterer allerdings in ungefähr dreißig Teile zersprungen, in unterschiedlicher Größe auf dem Boden der Werkstatt verstreut.

Es gibt verlässliche Zeugenaussagen über die Intensität der Verzweiflung, die sich in meinem Gesicht spiegelte. Ich war in Schockstarre, der ganze Körper schweißbedeckt, das Gesicht unnatürlich verfärbt. Es war nicht Wut, es war kein Hass, sondern der verzweifelte Wunsch, aus dieser Welt zu verschwinden und aus diesem Albtraum aufzuwachen.

Mein bayerischer Handwerksmeister war nur für einen Moment irritiert. »Des kennans fei klebn«, sagte er und fing an, die Teile ungerührt aufzusammeln.

Schmerzensgeld wegen seelischer Grausamkeit, Schadensersatz – all die möglichen Rachefeldzüge, für die ich als Junganwalt ja prädestiniert zu sein schien, hatten für mich keinerlei Bedeutung. Ich wollte nach Hause, wollte alleine sein und über das Leben nachdenken, nahm meine Fragmente und verließ grußlos, als gebrochener Mann, den Ort nachhaltiger bayerischer Handwerkskunst. Ich stützte mich auf den Arm meiner nunmehr wieder an die erste Stelle getretenen großen Liebe und sie war feinfühlig genug, mich nie wieder Klötzchen zu nennen.

Restauratoren können Wunder tun. Trotzdem habe ich lange gebraucht, den Kopf ohne stechenden Schmerz ansehen zu können. Geholfen hat am Ende nur, mir vorzustellen, dass nicht nur Burmesen, die Sukothai erobert und die Köpfe abgeschlagen haben, nicht nur Thai, die beschädigte religiöse Skulpturen nicht mehr als Bedeutungsträger akzeptieren und vernachlässigen, sondern auch bayerische Handwerker – glücklicherweise nur in Ausnahmefällen – Teil der Geschichte einer antiken Skulptur sein können.

Rahmen sind mit weniger Risiko verbunden – trotzdem eine vielleicht noch größere Herausforderung.

Zu rahmen sei lästige Pflicht, hört man von vielen Sammlern. Für mich gilt das Gegenteil: Malen kann ich nicht, bildhauern noch weniger, und das Klavierspiel ist im hohen Maße dilettantisch. Was bleibt dann als Letztes, um zumindest in Ansätzen bei der Kunst kreativ mitzuwirken: das Rahmen und Hängen der Bilder. Die größte kleine Freude, die ich mir vorstellen kann.

Wann immer ich eine neue Arbeit gekauft habe, lasse ich alles stehen und liegen, fahre aufgeregt wie zum Date mit einer neuen Eroberung, nur dass bei mir das Date mit Werner Murrer – dem Meister aller Rahmen – stattfindet.

Und: Rahmen sei einfach, lautet die andere Behauptung. Andere mögen begabter sein – für mich ist die Auswahl eine immer neue Herausforderung. Größe, Farbe und Ausschnitt des Passepartouts, Stärke, Holz und Farbe der Leiste, und das alles abgestimmt auf eine Arbeit, deren Sprache nicht gestört werden darf.

Fehler habe ich unendlich viele gemacht, und wenn man von der Anzahl der von mir bestellten Rahmen auf die Größe der Sammlung zurückschließen dürfte, wäre sie fast doppelt so groß wie in Wirklichkeit.

Anfangs waren es noch die einfachen Fehler: die geschmäcklerische Leiste, der Versuch, mit dem Rahmen das Bild weiterzumalen (»Ach, es wäre doch schön, wenn Sie mit der Rahmenfarbe dieses wunderschöne Blau des Hintergrunds aufgreifen würden«), der Versuch, durch Gold- oder Silberleiste den Wert einer Arbeit mit einem Ausrufungszeichen zu versehen.

Später dann die etwas weniger drastischen Irrtümer: die Leiste zu schmal oder zu breit, das Passepartout zu eng oder zu weit, das Holz zu strukturiert oder zu leblos, das Passepartout zu weiß oder zu gelb ...

Und schließlich diejenigen Fehler, die für jeden Dritten schwer nachvollziehbar und nicht verbalisierbar sind, aber dazu führen, ein Blatt mit diffusem Unwohlsein anzuschauen im Wissen, dass man ihm nicht gerecht geworden ist.

Mein derzeitiger Rekord für eine Arbeit liegt bei vier Rahmen. (Es war übrigens ein scheinbar leicht zu rahmendes, da scheinbar gefälliges Twombly-Foto.)

Und trotzdem hat das Rahmen immer wieder Freude gemacht, ungeachtet aller Zeit und Kosten. Wie auch der abschließende Schritt: das Hängen.

Gäste, Familie, Haushälterin sind eingespannt, Nägel verbiegen sich zu Dutzenden, Wände werden zu kleinen Kraterlandschaften.

»Circa zwei Zentimeter mehr nach rechts – jetzt etwas tiefer, noch etwas, nooooch etwas – etwas höher, mehr nach rechts« – und das Ganze in wechselnder Reihenfolge bis zu sechsmal.

Wenn nicht geheilt, so jedoch nachhaltig verstört hat mich eine Bemerkung der Haushälterin. Ebenso verzweifelt wie erschöpft, mit dem Erstaunen eines Käfersammlers, der eine völlig neue merkwürdige Spezies von Insekt entdeckt hat, schaute sie mich irgendwann fast mitleidig an und formulierte ebenso gnadenlos wie treffsicher: »Chef, Perfektion ist spießig.«

»Chef« genannt zu werden ist mir nicht unangenehm. Der Vorwurf der Spießigkeit dagegen gehört zum Schlimmsten, was man mir antun kann. Ich war betroffen, fast verletzt, habe kurze Zeit geschwankt, endgültig zur eklektischen Petersburger Hängung überzugehen, dann aber entschieden, mir trotz dieser Spießigkeit meinen kleinen Gestaltungsspielraum nicht nehmen zu lassen.

Und so leiden Nägel, Wände und Helfer weiter.

Afrika –
Das Ende der Wunderkammer

Eins aber hat nicht funktioniert: Der Versuch einer glücklichen optischen Verbindung südostasiatischer und zeitgenössischer Kunst mit afrikanischer Skulptur.

Den Kontinent Afrika und seine Kunst hatte ich immer zu verdrängen versucht: zu groß, zu unübersichtlich, zu viele Stämme, zu viele Stilrichtungen, zu groß die Fremdheit – bis ich eines Tages Hans Schneckenburger kennenlernte. Ein Sammlerhändler-Lebemann, der Weinkeller exzellent, die Einrichtung bester Architektengeschmack (sein eigener), das, was man heute stylish nennt. Weiße Lilien, Eileen Gray, altes Parkett, klassischer Stuck und große Räume. Und überall, sorgfältig platziert und dramatisch ausgeleuchtet: afrikanische Kunst. Und er konnte erzählen – über seine wilde Zeit in Abidjan, über die Abenteuer mit dem Händler Samir Borro, den ich später noch kennenlernen sollte, über große afrikanische Kunst und deren Gegenteil (was er

»verschnitzt« nannte). Und so wurde ich, schon wieder, willfähriges Opfer. Spätestens bei meinem dritten Besuch und der sechsten Flasche Rotwein (insgesamt) war ich Eigentümer einer Maske der Baule, eines Stammes aus der Region der Elfenbeinküste. Höfisch und puristisch, vom wilden Afrika, vom Nagelfetisch und mit Blut beopferten Figuren weiter entfernt als von Khmer-Kunst. Gelernt habe ich durch diesen Kauf vieles, unter anderem, dass auch und gerade die afrikanische Skulptur konzeptionelle gestalterische Formen hat, dass scheinbare Absonderlichkeiten in der Darstellung einem konsequenten künstlerischen Gestaltungswillen entspringen, der Intensivierung anstrebt und Bedeutungen artikuliert. Noch erstaunlicher war zu lernen, dass es in wichtigen Teilbereichen der afrikanischen Skulptur eine bis zur Zeitenwende zurückreichende aufeinanderfolgende höfische Tradition der Darstellung gibt, die die Existenz organisatorisch und zivilisatorisch großer Reiche voraussetzt: Sokoto, Nok, Ife, Benin, Baule, alles aus dem Großraum der afrikanische Westküste mit Nigeria und der Elfenbeinküste – und viele dieser Werke stehen den anderen großen Skulpturtraditionen der Welt nicht nach.

Der Kauf war eine kostenintensive Eintrittskarte in die fremdartige Welt der Afrika-Sammler und -Händler: Nach kurzer Zeit kannte ich viele große Sammlungen, wurde von den bedeutenden Händlern in Paris und Brüssel als potenzielles Opfer wahrgenommen, mit Einladungen und Informationen zugedeckt und war Teil des Afrika-Spiels. Es ist eine eigene, ganz andere Welt mit anderen Spielern, anderen Verbindungen und Verhaltensformen. (Es gibt übrigens keine bessere Empfehlung für Menschen, die an Kontaktarmut und Einsamkeit kranken als den Kauf eines hochpreisigen Kunstobjekts. Man kann innerhalb kürzester Zeit vom Einzelschicksal zu Everybody's Darling werden und seine Tage mit Messebesuchen, Vernissagen, Previews und Cocktailhäppchen verbringen.)

Nachdem ich inzwischen noch mehrmals große Karten des afrikanischen Kontinents handgezeichnet und immer wieder die entscheidenden Stämme zu lokalisieren versucht hatte, fühlte ich mich bereit, unter Hans Schneckenburgers nicht ganz uneigennütziger Führung die Höhle des Löwen zu betreten: Samir Borros Haus in Brüssel.

Samir war – wie ich mit der für mich relevanten finanziellen Tragweite erst später erfahren konnte – ein alter Kampfgefährte von Schneckenburger. Er ist einer der großen Afrika-Händler, allerdings mit nicht unstrittiger Reputation. Sie hatten zusammen in Abidjan die Nächte unsicher gemacht, sich gegenseitig und gemeinsam andere über den Tisch gezogen, aber trotz gelegentlicher zynischer Distanziertheit eine fast kindliche Freude an großen Objekten bewahrt.

Samir residierte mit seiner schwer zu analysierenden Entourage – im Wesentlichen Großfamilie – in einem herrschaftlichen Großbürgeranwesen in Brüssel, an der Seite seine kopfverdrehende Ehefrau Mina. Die Abende – es gab davon etliche – begannen mit einem opulenten Dinner, währenddessen meist vollmundig in einer dreisprachigen Mischung von Deutsch, Englisch und Französisch diskutiert wurde. Champagner floss in rauen Mengen und war, wie ich nach und nach merkte, integraler Bestandteil der Verkaufsverhandlungen. Danach, gegen halb zwölf, begann der aufregendere Teil des Abends. Samir präsentierte seine Angebote. Besser gesagt, er ließ präsentieren. Er schickte mit präsidialer Gebärde seine Helfer – meistens den gehbehinderten Großvater – in Stockwerke tiefer liegende Tresorräume, aus denen dieser schnaufend die einzelnen Objekte nach oben schleppte. Es war immer ein qualitatives

Crescendo, das heißt, die Bedeutung der einzelnen Objekte nahm stetig zu, was durch den nunmehr servierten hochwertigen Rotwein ungewöhnlich süffig vermittelt wurde. Dann, kurz bevor die Stimmung von orgiastischer Sammlereuphorie in alkoholischen Tiefschlaf umzukippen drohte, wurden mit gnadenloser Konsequenz die Verkäufe besiegelt. Erst am nächsten Tag, wenn die kopfschmerzbegleitete klassische Kaufreue einsetzte, wurde manchem Sammler bewusst, was er am Abend vorher angerichtet hatte.

Ich selbst konnte widerstehen. Bis auf eine Ausnahme – als mir das Schwesterstück zu meiner Maske präsentiert wurde, wahrscheinlich die Hand desselben Schnitzers, von größter Reduziertheit und Noblesse ebenso wie von größter preislicher Dimensionierung. (Ich wolle ja irgendwie nicht wahrhaben, dass der Preis zwischen mehreren Parteien aufgeteilt werden musste.) Aber auch hier zeigte sich: Wenn die Arbeit Bestand hat und der Schmerz des Preises nachgelassen hat, hat sich das Schmerzensgeld immer gelohnt – weitaus mehr jedenfalls als der Versuch, sich auf günstige Käufe zu konzentrieren und dabei über qualitative Defizite hinwegzusehen.

Das letzte Objekt meiner Miniatur-Afrika-

Sammlung stammt wieder von Hans Schneckenburger: eine Maternité vom Stamm der Agni – eine Mutter, die stolz und Schutz gewährend hinter ihrem Kind steht. Er hatte mir blumenreich ihre Qualitäten zu schildern versucht, mehrfach, nicht um zu verkaufen, sondern um zu überzeugen. Er war jämmerlich gescheitert. Ich strafte die Figur jahrelang mit höflicher Missachtung bis zu dem Augenblick, in dem es mir plötzlich wie Schuppen von den Augen fiel: Das, was ich als unausgewogenen Naturalismus und effekthascherische Übertreibung abqualifiziert hatte, war zwingende gestalterische Notwendigkeit und ausgewogener Einsatz skulpturaler Volumina. Diese Erfahrung hat mich gelehrt, wie viel Zeit unser Auge – auf das wir oft so stolz sind – in einer fremden gestalterischen Welt benötigt, um ein Gefühl für die eigenartige Qualität deren Formensprache zu entwickeln.

Ganz einfach vollzog sich der Kauf in diesem Fall allerdings nicht. Unsere Preisvorstellungen lagen ungewöhnlich weit auseinander. Wir näherten uns in der nur scheinbar spielerisch geführten Verhandlung zwar an, trotzdem blieb eine Differenz übrig, die keiner von uns ohne Gesichtsverlust zu überbrücken in der Lage war. Der Kauf schien gescheitert, da keiner seinen angestrebten Status als Mann von Welt, der über finanziellen Petitessen steht, gefährden wollte, andererseits aber auch nicht bereit war, auf die relativ große Differenzsumme zu verzichten.

Dann kam mein hinterhältiger Vorschlag, über diesen Betrag das Schicksal entscheiden zu lassen: Wir sollten das berühmte Spiel »Schnick, Schnack, Schnuck – Stein, Schere, Papier« spielen. Schneckenburger kannte es nicht, ich dagegen fühlte mich als höchst erfahrener, mit allen psychologischen Wassern gewaschener Schnick-Schnack-Schnuck-Spieler. Die Strafe des bösen Plans folgte auf dem Fuße: Die Eindimensionalität seiner Spielweise unterforderte mich so nachhaltig, dass ich das Spiel selbstverständlich verlor. Er seinerseits zeigte Größe und offerierte mir ein stilgerechtes Trostpflaster: Château Mouton, 1990.

Die Maternité war jeden Verlust wert.

Das Ende der afrikanischen Aktivitäten begann in dem Moment, in dem ich meinen nächsten Erwerb wochenlang, fast wie der Fliegende Holländer im Haus umhertrug, um immer wieder neue Positionierungen zu überprüfen. Vergeblich, denn Afrika und Asien vertragen aufgrund ihrer eigenwilligen eigenen Ausstrahlungen keine zu große

Nähe, und da eine ethnologische Wunderkammer nicht meiner persönlichen Sicht des Lebens mit Kunst entspricht, war die Beschränkung käuferischer Neugierde zwangsläufiges Ergebnis.

Geliebte Rini

Deswegen zurück zur zeitgenössischen Kunst.

Vielleicht war es nur schlechte Tagesform, die mich so unlustig machte, vielleicht aber auch die fehlende Spannung, die sich bei dauernder und unreflektierter Wiederholung einstellt.

Es war einer dieser Abende routinierter Selbstbeweihräucherung. Vernissage. Der Künstler ist anwesend; mit anschließendem Abendessen. Osteria, das Kultrestaurant der Litterati. Ob ich als Appendix, Funktion oder Person eingeladen war, weiß ich nicht mehr. Meine Anwesenheit jedenfalls war eine Form missgelaunter Solidarität, meine Rettung Rini, Tochter des Künstlers. Er, anerkannt, hofiert, beschäftigt. Sie, klein, fehl am Platz, etwa fünf Jahre alt.

An diesem Abend brauchten wir uns gegenseitig, ein ungewöhnliches »odd couple«.

Ich brachte ihr in kurzer Zeit unter den verblüfften Augen der Eltern das große Spiel des Spaghettiessens mit nur einer Gabel bei, sie erzählte mir von ihrem Kuscheltier, ihrem Bruder und ihren

Plänen. Wir waren Freunde, von den Kunstautisten wie Autisten angesehen, von den Eltern nicht ohne leichten Argwohn beäugt.

Irgendwann dann, nach Stunden, rutschte sie von ihrem Stuhl, kam mit ihrem Köpfchen ganz nah und flüsterte mit roten Wangen: »Wolfgang, soll ich dir mein größtes Geheimnis verraten?« Und als ich ihr versicherte: »Rini, darüber würde ich mich riesig freuen!«, sagte sie ganz leise: »Wolfgang, du bist der Erste, dem ich das sage. In Wirklichkeit bin ich nämlich eine Elfe – aber mein kleiner Bruder glaubt mir nicht!«

Ich war gerührt. Sie war wirklich eine Elfe. Es war ein herrlicher Abend geworden, einer derjenigen unter all den Kunstabenden, an den ich immer zurückdenke, und das mit großer Freude.

Rini hat mir als Abschiedsgeschenk ein kleines Bild gemalt, das immer noch Teil meiner Sammlung ist. Nicht gerahmt, nicht von nachhaltiger künstlerischer Bedeutung, aber eine wunderschöne Erinnerung an ein ganz besonderes Erlebnis.

Phantomschmerz und Fehler

Über Erwerb habe ich einiges erzählt, vom Mon-Kopf bis zu Rinis Zeichnung.

Aber es gibt auch zwei Verkäufe, die mich heute noch beschäftigen. Der eine wurde vollzogen, der andere glücklicherweise nicht.

Martin Lerner hatte als langjähriger Kurator des Departments »Indian and Southeast Asian Art« beim Metropolitan Museum in New York große akquisitorische Durchschlagskraft entwickelt. Er hatte es geschafft, durch seine schlangenbeschwörerischen Fähigkeiten und guten Kontakte für das Museum eine exzellente Sammlung, unter anderem von Khmer-Kunst, aufzubauen, die 1994 unter größter internationaler Beachtung im neuen Irving-Wing erstmals präsentiert wurde.

Er wollte die Sammlung abrunden und brauchte dafür das, was ihm besonders fehlte: eine weibliche Skulptur aus der frühen Zeit Kambodschas, dem 7./8. Jahrhundert. Und diese Figur stand bei mir, eine meiner ganz wichtigen Erwerbungen, vielleicht die bedeutendste weibliche Skulptur aus dieser Zeit neben derjenigen im Museé Guimet in Paris.

Martin war sehr überzeugend, und ich habe lange darüber nachgedacht, warum ich bereit war, mich gerade von dieser Skulptur zu trennen. Es sind wohl mehrere Gründe gewesen: sicherlich auch der Preis, der nicht ohne verführerischen Reiz war. Daneben die Tatsache, dass ich zu dieser Skulptur nie eine wirklich innige Beziehung aufbauen konnte – vielleicht war sie zu dominant, zu herrscherlich, um in einem kleinen Bürgerhaus am richtigen Platz zu stehen.

Wirklich entscheidend waren jedoch zwei andere Gründe: vor allem, leider, die Eitelkeit. In dem für mich bedeutendsten Museum der Welt, bestimmt durch Größe ebenso wie Qualitätsanspruch, steht in einer der wichtigsten Khmer-Sammlungen die Figur, die ich als junger, belächelter Novize höher zu bezahlen bereit war als alle meine vielfach reicheren Mitbewerber. Und sie ist beschrieben und vorgestellt als »Outstanding Acquisition«. Irgendwie eine Bestätigung des eigenen Urteilsvermögens, wie sie schöner nicht sein könnte. Und dann vielleicht noch ein zweiter Aspekt. Ich konnte ein – zugegeben billiges – Zeichen setzen bei all den Freunden und Bekannten, für welche das Sammeln eines abseitigen Kunstgebietes allenfalls als wirtschaftliche unsinnige Verschrobenheit, nicht dagegen als herausfordernde Reise in eine unbekannte Welt gesehen wurde – denn diese Reise hatte sich nun sogar wirtschaftlich gelohnt.

Jedes Mal aber, wenn ich an die Figur zurückdenke, jedes Mal, wenn mich Sammlerfreunde oder Händler auf diesen Verkauf ansprechen, gibt es mir einen kleinen Stich ins Herz. Nur zu verständlich, denke ich, dass ich ihr bei allen Reisen nach New York einen kurzen Besuch abstatte und so lange warte, bis die Museumswärter abgelenkt sind und ich sie wieder berühren kann.

Noch eine kleine Anekdote zu dieser Figur. Irgendwann waren die Kinder dem Alter entwachsen, in dem sie ihren Vater mit einem Weihnachtsgeschenk wie dem selbst geschriebenen »Märchen vom Marinenkäfer« erfreuen konnten; es hatte sich ein gewisser Zwang zur größeren Originalität entwickelt. Und dem wurden sie wahrlich gerecht. Es wurde mir feierlich ein ausführlich mit Fotos und korrespondierenden Zeichnungen bebildertes Heft überreicht; nicht wirklich künstlerisch wertvoll, religiös jedenfalls angreifbar und für Kunsthistoriker sicherlich ein Graus. Aber originell war dieses Werk auf jeden Fall. Meine wichtigsten Skulpturen waren bis zur Unkenntlichkeit verkleidet und abfotografiert: Ein großer Mon-Buddha als Scotland-Yard-Detektiv mit Schlapphut, Aktentasche und Regenmantel, ein früher Phnom-Da-Vishnu als chinesischer Rikscha-Kuli im traditionellen Gewand und dann meine wunderschöne Prasat-Andet-Uma, jetzt im Metropolitan Museum, mit schwarzer La-Perla-Unterwäsche als ultimatives Erotikphänomen. Offen gesprochen juckt es mich immer noch in den Fingern, dem Direktor des Metropolitan Museums – anonym natürlich – als kleine Rache einen Abzug zukommen zu lassen …

Der andere Verkauf wurde nicht vollzogen, und dafür bin ich heute noch dankbar.

Ben Heller und Lance Entwistle mit seiner charmanten Frau Bobby waren ein Team, dem ich – zumindest anfangs – in keiner Weise gewachsen war. Lance, Engländer, stilsicher, welterfahren und Jahrzehnte erfolgreich auf höchstem Niveau im Kunsthandel tätig: Alte Meister, Afrika, Ausflüge in die zeitgenössische und die Khmer-Kunst. Charmant, einfühlsam, überredungsmächtig und mir sympathisch. Dann ein vielleicht noch größeres Kaliber: Ben Heller aus New York. Ben Heller ist eine Legende. Einer der ganz Großen aus der großen Zeit: Mark Rothko, Jackson Pollock, Barnett Newman, asiatische Kunst, afrikanische Kunst, alles auf allerhöchstem Niveau. Die Fotos seiner damaligen Wohnung auf der Fifth Avenue ließen mir die Augen übergehen. Nicht alleine deswegen, weil der Wert seiner damaligen Sammlung nach heutigen Preisen bei Aberhunderten von Millionen liegen würde, sondern weil er so früh und mit so treffsicherem Auge in diesem Spiel mitgespielt hat. Und gerade diese beiden hatten sich zusammengetan. Sie berieten ein Sammlerehepaar, für das in der Zeit der großen Gewinne an der Börse Geld keine hinderliche Rolle mehr spielte. Ben und Lance wollten meine vielleicht bedeutendste Skulptur, einen Khmer-Harihara aus dem 7./8. Jahrhundert und boten eine Summe, die sie zu recht mit »once in a lifetime« beschrieben. Ihre Kunden suchten ausschließlich das Beste und waren bereit, dafür jeden Preis zu bezahlen. Ich kämpfte verzweifelt, dann tat ein langer alkoholischer Abend sein Übriges und ich hatte mein Ehrenwort zum Verkauf gegeben.

Irgendjemand aber musste seine schützende Hand über mich gehalten haben. Ich hatte eine Deadline gesetzt und ausdrücklich erklärt, mich nur dann moralisch gebunden zu fühlen, wenn die Transaktion ohne weitere Versuche der Veränderung oder anderer Komplikationen ablaufen würde. Ein Monat ging ins Land, dann kam ein modifizierungsbemühter Brief aus Amerika. Ich dankte dem Himmel und lehnte ab. Ich war gerettet. Die kurze Zeit später erklärte Bereitschaft, auf alle Bedingungen einzugehen, kam zu spät.

Noch heute läuft mir ein Schauer den Rücken hinunter, wenn ich daran denke, ohne wirtschaftlichen Zwang fast meine Seele verkauft zu haben. Und wahrscheinlich wäre ich auch noch geendet wie Hans im Glück. Hätte das Geld verwendet, um anderes, weniger Wichtiges zu kaufen, hätte den Goldklumpen gegen eine Gans eingetauscht. Und dazu wäre mir der Liebesentzug meiner Töchter sicher gewesen, insbesondere derjenige der wortgewaltigen Anna, die den Harihara immer als »ihren großen Bruder« bezeichnet hat.

Schnell zu einem anderen Thema: den verpassten Gelegenheiten. Einige davon konnte ich korrigieren, andere leider nicht.

Fangen wir mit dem besseren Teil der Geschichte an, einem kleinen Angkor-Borei-Buddha aus dem 6./7. Jahrhundert. Nicht besonders beeindruckend – im ersten Moment. Und genau das zu glauben, war vor etwa zwanzig Jahren einer meiner ganz großen Fehler. Auf meinem Tisch landeten Fotos aus Bangkok, mit denen mir diese Figur angeboten wurde; klein, knubbelig und ästhetisch fragwürdig, wie ich meinte. Dazu noch überproportional teuer. Ich wies also das Angebot mehr oder weniger deutlich zurück und wurde dafür bitter bestraft. Bei meinem nächsten Besuch hielt ich die Figur in den Händen und sah, welch großen Fehler ich gemacht hatte. Zu spät. Sie war wichtiger Bestandteil des Buddha-Zimmers eines Händlers geworden und blieb dort fast fünfzehn Jahre; alle meine schlangenbeschwörerischen Überredungsversuche wurden ignoriert.

Irgendwann aber, aus mir unerklärlichen Gründen, hatte ich Erfolg, und heute ist mir diese Figur mehr ans Herz gewachsen als viele andere. Warum das so ist, ist schwer in Worte zu fassen. Eines jedoch habe ich an ihr gelernt: Wenn man eine noch so kleine Figur lange anschaut, kann es passieren, dass ihre Präsenz, ihre Kraft und Ausstrahlung die fehlende Größe vergessen macht, ja sie sogar ins Monumentale zu wachsen scheint – vielleicht deswegen, weil diese Eigenschaften den Blick so absorbieren, dass er alles andere, sei es auch noch so groß, ausblendet. Spätestens dann weiß man, dass es große Qualität ist. (Umgekehrt gilt übrigens das Gleiche: Manche anfangs beeindruckenden großen Skulpturen schrumpfen bei näherem Hinsehen.)

Genauso ging es mir mit einem kleinen Ganesha aus dem 6./7. Jahrhundert, einem Gott aus dem hinduistischen Pantheon der vielen tausend Götter, zuständig für die Beseitigung von Hindernissen und ein glückliches Beginnen – ein wohlgenährter Kinderkörper mit einem Elefantenkopf. Er ist vielleicht in der asiatischen Welt die Gottheit, die am meisten geliebt wird.

Auch er knubbelig und unscheinbar. Kauf abgelehnt; schon wieder eine falsche Entscheidung.

Gekauft wurde er von Freunden, die ihn lange im Haus hielten – bis sich ihre Lebensumstände änderten und die Trennung von manchen gemeinsamen Objekten die persönliche Trennung begleitete.

Ich war zur Stelle und habe ihn ohne eine Sekunde zu zögern in die Familie aufgenommen. Der nächste Besitzer muss auf mein Ableben warten.

In diesen beiden Fällen ist es also gut gegangen. Bei den nächsten beiden leider nicht: Si Tep ist eine Stilbezeichnung für in Thailand gefundene

Kunst, die zwischen dem 7. und 8. Jahrhundert geschaffen wurde, lange also bevor die Thai etwa im 11. Jahrhundert von Südchina nach Thailand eingewandert sind. Die wissenschaftliche Aufarbeitung ist eher spärlich, die Qualität dagegen ungewöhnlich hoch. Und so saß ich, wenige Stunden vor meiner Abreise, in der Galerie eines langjährigen Händlerfreundes, John, der sich mit großer Freude als englischer Hooligan outete, gegen mich viele Flaschen bei der Fußballweltmeisterschaft gewettet und verloren hat. Trotzdem bot er mir einen zwar kleinen, aber besonders ausdrucksstarken Si-Tep-Kopf an. Ich muss an diesem Tag eine Mischung aus Tropenkoller und ungezügelter Kauffreue empfunden haben. Letzteres, da ich am Tag vorher ein anderes Objekt gekauft hatte und mich verzweifelt um Eindämmung dieses casanovaesken Verhaltens bemühen wollte. Ich bat also um Bedenkzeit von einer Woche. Ich hätte es besser wissen müssen.

Am nächsten Morgen am Frühstückstisch in München. Übernächtigt, etwas verkatert – kam ein Anruf aus Bangkok: ein guter Freund, den ich besonders schätze. Auch er saß bei John, auch er hielt den Kopf in der Hand und beschwor mich, zu entscheiden, ob ich ihn nähme oder nicht, denn gerade diese kleine Skulptur habe sein Herz berührt.

Ich war überfordert: Auf der einen Seite die Sammlergier, auf der anderen Seite die einmalige Möglichkeit, Charakterfestigkeit durch Kaufverzicht zu beweisen, einem Freund eine Freude zu machen und sich nachweisbar zum Gutmenschen zu stilisieren. Ich trat vom Kauf zurück, und das Einzige, was mich tröstet, wann immer ich den Kopf sehe, ist die Tatsache, dass er sich in besseren Händen befindet als bei jedem anderen (außer bei mir natürlich).

Und dann gleich der nächste große Fehler: Der versäumte Kauf einer großartigen buddhistischen Skulptur aus dem 7./8. Jahrhundert, einem – dem einzigen – Gegenstück zur berühmten Avalokiteshvara-Figur aus der Sammlung Didelot im Musée Guimet. Ein großes Versäumnis, allerdings irgendwie nachvollziehbar. Einerseits hatte ich aufgrund freundschaftlicher Bindungen das »Right of First Refusal«, andererseits war die erste Preisforderung so hoch, dass sie mich zum Großschuldner einer Bank gemacht hätte. Ich verzichtete also und suchte viele Gründe künstlerischer Art, um diesen Verzicht einigermaßen schmerzfrei zu machen. Vergeblich.

Und dann passierte das, was vielleicht das Irritierendste war. Nachdem ich und dann ein anderer Sammler nicht kaufen wollten oder konnten, wurde das Objekt weit unter dem von mir geforderten Preis an einen amerikanischen Sammler verkauft. Diesen Preis hätte auch ich bezahlen können, und das machte den mengenbedingten Verlust vielleicht besonders schmerzlich.

Auf der anderen Seite kann man jedoch immer wieder feststellen, dass preisliche Beschränkungen für die Qualität einer Auswahl manchmal sehr hilfreich sind. Man muss besser abwägen, man muss sich auf das konzentrieren, was wirklich wichtig und berührend ist.

Würde ich durch finanzielle Grenzen nicht eingeengt, wäre das Sammeln wahrscheinlich in eine Art eklektischer Völlerei ausgeartet, nicht zwingend in Qualitätsverlust bei den einzelnen Objekten, jedenfalls aber in mengenbedingten Verlust an emotionaler Bindung zu ihnen.

Es ist auch für mich inzwischen immer wieder amüsant, wenn Gäste gelegentlich kurze Erklärungen zu den einzelnen Objekten suchen und ich bei jedem dieser Objekte scheinbar automatisch, tatsächlich aber aus vollem Herzen den Satz einleite mit »Übrigens, an diesem Stück hänge ich besonders ...«. Diese gebetsmühlenhafte Wiederholung ist mir selbst erst nach mehrfachen kritischen Hinweisen durch eine scharfzüngige Lebensbegleiterin aufgefallen, aber sie lässt hoffen, dass für mich nicht eine sogenannte Sammlung von Bedeutung ist, sondern die besondere, einzigartige Beziehung zu jedem einzelnen Werk.

Und auch die natürliche räumliche Beschränkung kann – trotz aller Nachteile – Entscheidungs- und Konzentrationshilfe sein. Natürlich könnte man ein Objekt, für das man nicht sofort einen Platz findet, im Lager unterbringen. (Und ein eigenes Lager ist natürlich inzwischen ein absolutes »Must« für jeden Sammler, der ernst genommen werden will.) Aber ist eine große Arbeit je dafür gemacht worden, dass sie im Lager verstaubt, ist ihre Bestimmung nicht gerade diejenige, über das Auge Verstand und Gefühl zu bewegen? Es ist jedenfalls schwer zu vermitteln, dass es die Liebe zur Kunst sei, wenn diese in Lagern – deren Inhalt der Sammler jahrelang nicht sieht, in Teilen sogar vergessen hat – einer ungewissen Zukunft entgegendämmert, bis irgendwann vielleicht einmal mit großer Geste das sammlerische Lebenswerk präsentiert wird ...

Der rettende Ausweg wäre natürlich Petersburger Hängung oder Stellung. Doch gilt nicht auch hier Vergleichbares? Benötigt nicht jede Arbeit genug Raum, damit der Betrachter das erfassen kann, was ihre Qualität ausmacht, und das insbesondere bei dreidimensionalen Werken, die dazu noch aus einem religiösen Impetus heraus entstanden sind?

Belegt wird das auf überzeugende Art und Weise durch die unterschiedliche Methode, wie in der Münchner Glyptothek die hochwertigen frühgriechischen Skulpturen einerseits und die naturalistisch banaleren römischen Porträtbüsten andererseits gestellt werden. Erstere mit respektvollem und notwendigem Abstand zueinander, Letztere eng, geballt, der geringeren künstlerischen Bedeutung entsprechend.

Dieser Gedanke heißt eben nicht, Kunst den Wohnungseinrichtungsvorstellungen des Reihenhausbesitzers anzupassen, sondern folgt aus dem Respekt vor derselben, welcher nicht zulassen sollte, dass ihre Wirkungsansprüche gargantueskem Sammeln untergeordnet werden.

Wiedervereinigung

Aber trotz allem hat es ungeachtet dieser mehr oder weniger notgeborenen Einsichten genug an weiteren Erwerbungen gegeben, um hier die eigene Vergangenheit – und damit, fürchte ich, auch die Zukunft – ausleuchten zu können.

So unter anderem ein recht ungewöhnlicher Kauf in zwei, eigentlich sogar in drei Stufen: Ich war wieder auf dem Weg nach Bangkok, mein übliches Geschenk, die Flasche Jahrgangschampagner, im keuchend geschleppten Handgepäck. Ein, zwei, drei Tage bei allen Händlern, allen Sammlern, in allen Museen und dann passierte für mich etwas bis dahin Unvorstellbares. Ich wollte mich umziehen zu einem der vielen früher so aufregenden Abende: Dinner mit alten Bekannten am Fluss. Seafood bis zum Abwinken, Exotik, Reise in eine andere Welt. Doch plötzlich fiel mir auf, dass mir diese Abläufe zuwider geworden waren. Zu häufige Wiederholung, zu routinierte Abläufe hatten, um es pathetisch zu sagen, die Flamme gelöscht. Der Abend verlief wunderlich. Ich sagte ab, saß allein mit meiner Flasche im Bett, trank sie bis zum letzten Tropfen und sah einen alten amerikanischen Wildwestfilm im Hotelfernsehen. Am nächsten Tag flog ich zurück nach Hause. Wie Egon Friedell es von den Dinosauriern behauptet hatte: Meine Zeit war um.

Etwas sentimental und resignierend hoffte ich, geheilt zu sein.

Die Heilung hielt etwa vier Monate an. Bis ich nämlich erfuhr, dass ein Londoner Sammlerhändler einen ungewöhnlichen Torso anbieten würde. 7. Jahrhundert, extrem selten.

Völlig zufällig musste ich nach London; ein Termin in der Sammlerwohnung war ausgemacht, der erste Schritt zum Kauf vollzogen.

Die Figur entsprach all dem, was ich erhofft hatte; es gab jedoch ein kleines Hindernis: Hätte ich selbst den Torso zu kaufen versucht, wäre der Preis aufgrund alberner Sammler-, Händler-, Wettbewerberanimositäten verdoppelt worden. Deswegen musste ich einen anderen Weg gehen. Ich bot dem Verkäufer als Zeichen meiner Gutherzigkeit, sozusagen wie das gemeinsame Rauchen einer Friedenspfeife, an, die Figur an einen deutschen Sammlerfreund weiterzuempfehlen. Gesagt, getan. Dieser Sammlerfreund kaufte für mich, alle waren glücklich, der zweite Schritt war getan.

Dann aber fing es an, wirklich aufregend zu werden. Ich hatte inzwischen erfahren, dass zur selben Zeit, in welcher der Torso aufgetaucht war, in Bangkok von einem anderen Händler ein Kopf angeboten wurde, der von Größe und Stilrichtung hätte zum Torso gehören können. Dieser Kopf sei danach an einen deutschen Händler verkauft worden.

Das wiederum konnte nur ein Berliner Galerist sein. Kein einfacher Gesprächspartner, da auch er, wie viele Händler diejenigen Sammler, die gut vernetzt sind und bei ihren eigenen Quellen beziehen, fast zwangsläufig als missliebige Konkurrenten betrachten. Ich redete mir das Herz aus dem Leib. Vergeblich. Mit dem Hinweis auf Diskretion wurde ich abgeblockt.

Das Hin und Her dauerte zwei Jahre, und dann war es endlich so weit: Der Kopf war verkauft worden an Heinrich Müller vom Museum Insel Hombroich, den Allessammler, barock und visionär, der mit Hombroich ein ebenso sprödes wie verwunschenes Gesamtkunstwerk geschaffen hatte.

Müller kannte ich, wenn auch nur flüchtig, aus beruflichen Zusammenhängen, aber mein Vorschlag, Kopf und Körper zusammenzubringen, stieß anfangs auf taube Ohren. Er wollte den Körper, ich wollte den Kopf.

Schließlich war es dann so weit. Wir verabredeten uns in seiner Villa, er zeigte mir den Kopf, die Wahrscheinlichkeit, dass es der richtige war, schien groß.

Der Preis, den er nannte, war naheliegenderweise weit überteuert. Der alte Immobilienprofi wusste, dass ich wehrlos war.

Meine Bitte, einen Gipsabdruck der Bruchstelle machen zu können, um zu überprüfen, ob Kopf und Körper wirklich zusammengehören, lehnte er rundweg ab; es sei ihm zu kompliziert. Entweder oder. Das Leben sei hart. Dieses Risiko müsse ich eingehen.

Wahrlich keine einfache Entscheidung, aber wie nicht anders zu erwarten, habe ich auch den dritten Schritt vollzogen: Der Kopf war gekauft.

Und dann kam – wieder – ein Moment der Wahrheit. Vorsichtig drehte ich den Kopf vom Sockel, näherte mich ebenso ängstlich wie zögerlich dem Torso und: zwei alte, zackige, jahrhundertealte Bruchstellen fügten sich nahtlos ineinander. Ein weiterer magischer Moment – das wunderbare Gefühl, getrennte Fragmente zu einer lebendigen Figur zusammenfügen zu können.

Es ist übrigens eine ebenso weit verbreitete wie falsche Annahme, dass die meisten Köpfe durch ruchlose Kunsträuber von den Körpern geschlagen werden, denn selbst wer ruchlos ist, ist nicht zwangsläufig dumm. Er weiß nämlich, dass eine komplette Figur proportional weitaus erfolgreicher verkauft werden kann als separate Fragmente.

Tatsächlich sind fast alle diese Brüche Hunderte von Jahren alt, wie man von Patina und Oxidation der Steinoberfläche ableiten kann. Hals, Arme und Knöchel sind ohnehin natürliche Bruchstellen, wenn eine Figur aus anderen Gründen, beispielsweise Erdbeben oder Verfall eines Tempels, vom Sockel stürzt. Naheliegend ist es darüber hinaus, dass die meisten »Enthauptungen« – bei frühen Skulpturen zumindest – durch die Cham aus dem benachbarten Vietnam erfolgten, mit denen die Khmer in häufige Kriege verwickelt waren. Die Thai, die im 14./15. Jahrhundert Kambodscha eroberten, dürften später noch nachhaltiger an diesem Ikonoklasmus mitgewirkt haben – es ist ein ebenso trauriges wie bekanntes Mittel, Sieg über die Feinde zu manifestieren, indem man deren Götter, Zeichen ordnungsstiftender Religion, sowie deren Herrschaftssymbole zerstört.

Ein Kauf, an den ich mich zumindest ebenso gut erinnere wie den vorher beschriebenen, erfolgte zwar nur zweistufig, war aber genauso aufregend:

Bekanntlich gibt es in Bangkok kein Siegestor wie in München. Trotzdem hatte ein Händler mit zweifelhaftem Ruf, der »the gypsy« genannt wurde, den Satz eines berühmten Münchner Großbaulöwen verinnerlicht, der dessen Verkaufstechnik maßgeblich bestimmte: »Ein Trottel geht immer durchs Siegestor.« Er verkaufte vielleicht weniger Objekte als manch anderer Händler, seine Verdienstspannen aber waren so atemberaubend, dass er die Grenze zum Raubrittertum regelmäßig überschritt.

Ich hatte nie von ihm gekauft, nicht nur seiner kreativen Preisfindungsmethode wegen, sondern auch deshalb, weil unsere Beziehung nicht durch Sympathie geprägt war. Er wusste natürlich um meine Freundschaft zu anderen Händlern, vermutete automatisch Verrat und Spionage und zeigte mir nie Objekte, die von Bedeutung und für mich interessant hätten sein können.

Endlich aber kam der Durchbruch, nachdem ich jahrelang gebetsmühlenhaft wiederholt hatte, dass ich ein seltenes und künstlerisch wertvolles Objekt auch vom Teufel kaufen würde – was er keinesfalls als Beleidigung empfand.

Ich durfte sein Allerheiligstes betreten. Seine Sammlung hochwertiger Thai- und Khmer-Skulpturen. Das Einzige jedoch, was mich interessierte, war das kleine Fragment eines Baphuon-Kopfes aus Stein, das er neben anderen Objekten in einer Vitrine präsentierte. Ein Kopf, der vertikal etwas über die Mitte hinaus gebrochen war, trotzdem alles das hatte, was diesen Stil aus dem 11. Jahrhundert so besonders machen kann: eine Patina wie helle Milchschokolade, die Locken in unterschiedlichen Perlenschnüren liebevoll gearbeitet, und dieses »sourire khmer«, das geheimnisvolle und doch so zugängliche Lächeln, das große Khmer-Kunst auszeichnet.

Ich überlegte verzweifelt, wie ich vorgehen könnte, um nicht schon wieder hilfloses finanzielles Opfer eines Händlers zu werden – dazu noch eines solchen. Ich wusste, dass ich meine beschränkten schauspielerischen Fähigkeiten bis an ihre Grenzen treiben musste und schenkte dem Fragment keinerlei Beachtung, sondern ging recht distanziert von einem Objekt zum anderen und fragte nach den geforderten Preisen. Sie waren, wie nicht anders zu erwarten, abenteuerlich. Anfangs schüttelte ich nur immer wieder entgeistert den Kopf; als nächsten Schritt versuchte ich, die Luft anzuhalten und so mein Gesicht mit wütendem Rot anlaufen und die Zornesadern auf der Stirn anschwellen zu lassen.

Dann, mit einem Crescendo der kalkulierte Wutausbruch: »You burglar! We have known each other for ages! How dare you quote those ridiculous prices! How can you believe, that people don't talk badly about you or take you seriously, if you act like a robber«, usw. usw.

Er war sichtlich getroffen. Er hatte mich immer als ruhig und asiatisch höflich erlebt. Ein solcher Wutanfall dagegen traf ihn unvorbereitet.

Er versuchte vorsichtig zu protestieren, doch dann kam meine zwingende Beweisführung: »Now, let me give you one final example«, ich schaute scheinbar zum ersten Mal auf das kleine Fragment, »how much are you asking for this tiny little unimportant fragment, completely damaged and good for nothing?«

Ich hatte gewonnen. Etwas zögerlich und verschreckt nannte er einen Preis, der unter dem Marktpreis lag und Lichtjahre unter dem, was er normalerweise gefordert hätte.

Ich schlug zu. Sofort und mit der Begründung: »Ok, though it's not reasonable, I take it as a sign of good will and a confirmation, that I would like to do business with you in the future«.

Ich war zum ersten Mal vom Opfer zum Täter geworden, hatte keinen überteuerten Preis bezahlt und dazu noch einen Händler ausgespielt, der es wahrlich verdient hatte.

Ein halbes Jahr später geschah etwas fast Unglaubliches. Wieder sitze ich bei »the gypsy«, wieder hat er nichts, das ich preislich vertretbar fände, nur eines: die zweite Hälfte des Kopfes! Eine andere Patina, da dieses Fragment anscheinend anders gelagert war – aber aufgrund der alten Bruchstelle eindeutig der fehlende Teil. Er weiß, dass ich es brauche, ebenso aber, dass er es ausschließlich an mich verkaufen kann und so einigen wir uns auf einen vernünftigen Preis.

Ich habe lange überlegt, ob ich die Teile zusammenfügen und restaurieren lassen sollte. Ich habe es nicht getan, da die unterschiedliche Färbung hätte angeglichen werden müssen, was ein zu großer Eingriff gewesen wäre und den visuell erfahrbaren Reiz der Zerstörung und Trennung, ebenso wie des unvermuteten Wiederfindens beeinträchtigt hätte.

Neue Formen, altes Spiel

Nicht besonders Sympathie erweckend ein weiterer Händler, den ich regelmäßig in Bangkok besuchte: Chai Ma.

Misanthrop, hart an der Grenze zur Verbitterung angesiedelt. Eine seiner wenigen kleinen Freuden war es, seinen Kunden völlig überteuerte Objekte zu verkaufen. So konnte er irgendwie das kompensieren, was er seinen Freunden immer neidete: mehr Einfluss, größere wirtschaftliche Erfolge, mehr Mätressen, mehr oder weniger alles. Jahrelang saß er wie eine missgelaunte Spinne in seinem Netz – seinem Hinterzimmer – und grollte über die Ungerechtigkeit der Welt.

Irgendwann dann zeigte er mir eine bronzene Hevajra-Skulptur. Khmer, tantrischer Buddhismus, klein, vergoldet, mit acht Gesichtern und 16 Armen.

Ich hatte aus einer Mischung von Arroganz und anthropomorpher Prägung solche Objekte weit von mir gewiesen. Bei diesem allerdings funktionierte es nicht. Der Körper war mit einer seltenen Grazie modelliert, die Armbewegungen hatten eine fächerartige, spielerische Bewegtheit, die Gesichter zeigten intensive religiöse Konzentration. Es war wie eine in Bronze gegossene Bewegungsstudie von Muybridge, dem englischen Fotografen aus dem 19. Jahrhundert. Je länger ich hinschaute, umso mehr hatte ich den Eindruck, acht Gesichter und sechzehn Arme seien das Natürlichste auf der Welt, kam mir fast physisch minderbemittelt vor.

Ich hing wieder in der Falle, und Chai Ma nannte, wie zu erwarten, einen Preis, der unsinnig war. Ich protestierte und ging.

Drei Tage lang habe ich es ausgehalten – meinen Versuch, zu widerstehen und ihm völliges Desinteresse zu vermitteln. Immer wieder zuckte meine Hand zum Telefon. Schließlich, am vierten Tag, war mein Entschluss gefasst. Ich rief ihn an, nannte die Hälfte des geforderten Preises als mein Limit, erklärte, ich flöge in drei Stunden und wenn er verkaufen wolle, müsse er mich innerhalb der nächsten dreißig Minuten zurückrufen. Er rief zurück. Ich liebe auch diese Figur.

Ein halbes Jahr später sah ich Chai Ma wieder. Es musste ein Wunder passiert sein, zumindest aber eine Kombination von Hormontabletten und hohem Lottogewinn. Vor mir stand ein gut gelaunter, herzlicher und interessierter Mann, der mit seinem Alter Ego nicht mehr das Geringste zu tun hatte.

Meine diplomatischen Rückfragen nach dem Grund für diese dramatische Veränderung beantwortete er verhältnismäßig einfach: dreimal in der Woche joggen, dreimal in der Woche Karaoke.

Ich beschloss, sofort meine sportlichen Aktivitäten wieder aufzunehmen und die abendlichen Sitzungen mit Rotwein und meinem Klavier – als Karaokeersatz – nachhaltig zu intensivieren ...

Fast noch weiter allerdings als der Weg hin zu einem tantrischen Objekt war für mich derjenige von der reduzierten und zurückhaltenden Khmer-Kunst zur indischen Skulptur.

Natürlich hat diese die hinduistische wie buddhistische Khmer-Skulptur, wenn nicht initiiert, so jedenfalls nachhaltig geprägt. Und unabhängig davon, dass die Khmer-Skulptur ungewöhnlich früh eine eigenständige künstlerische Sprache im Ausdruck wie in der formalen Grundauffassung entwickelt hat, wäre nichts naheliegender gewesen, als die indischen Quellen vor Ort zu studieren. Ich hatte dies trotzdem immer vor mir hergeschoben, natürlich die entsprechenden Bücher gelesen, die Ausstellungen indischer Kunst besucht, aber bis auf die Skulpturen der Gupta-Zeit keinen Zugang zur indischen Kunst gefunden. Die Manierismen der Körperhaltung, die Überfülle an Dekor, die überbordende erotische Komponente hatten mich künstlerisch nie angesprochen.

Irgendwann aber wurde die Neugier zu groß: ich organisierte die erste Reise nach Südindien. Autofahrt durch ein amorphes Gebilde namens Chennai – früher Madras –, unorganisiert, chaotisch, drittweltlich, hygienefremd, farbenfroh und schwer zu ertragen. Gelegentlich auftauchende versprengte Kolonialbauten vermitteln den Eindruck, in einer anderen Zeit zu leben.

Das Museum, berühmt über die Landesgrenzen, ist im Wesentlichen verblichen. Zumindest von außen, wo sich rötliche Farbe in verblasste Schmutzigkeit wandelt und Museumsangestellte mit asthenischen Besen Laub von links nach rechts oder beliebig von rechts nach links befördern.

Dann aber die Offenbarung: der Raum der Chola-Bronzen aus dem 9. bis 12. Jahrhundert. Viele von ihnen – wie so oft – nur auf Kniehöhe stehend, trotzdem eine ästhetisch künstlerische Erweckung. Shiva Nataraja, der tanzende Shiva, in verschiedensten Ausführungen. Je früher desto besser. Eine einmalige Darstellung, Bewegung und Ruhe, Rhythmus und Statik, Manierismus und konzeptionelle Klarheit auf natürlichste Art zu verbinden. Endlich habe ich verstanden, wie ungerechtfertigt dieser Teil meiner vielen Vorurteile war.

Das endgültige Schlüsselerlebnis allerdings sollte erst noch folgen: Vielleicht war ich besonders dünnhäutig und demzufolge sensibilisiert worden durch die Besonderheiten des indischen Autoverkehrs, die zu erleben die Fahrt nach Tanjore einen Höhepunkt darstellte. Ich fühlte mich während der gesamten Autofahrt der nächsten Tage wie auf einem Zahnarztstuhl, kurz bevor der Bohrer angesetzt wird, erwartete aber jeden Moment nicht (nur) einen stechenden Schmerz, sondern das endgültige Ableben. Muskeln und Nerven sind aufs Äußerste gespannt.

Es hilft nicht, dass unser Führer erklärt, Inder lernten in der Fahrschule, nur dann zu überholen, wenn sie kein Auto sähen, das ihnen entgegenkomme. Sie befolgen dies nämlich so konsequent, dass sie im Wesentlichen vor unübersichtlichen Kurven und Bergkuppen angreifen. Ebenso wenig beruhigend ist die wirtschaftlich überzeugende

Begründung, dass in Indien Licht auch bei Dunkelheit nur in Notfällen eingeschaltet wird, um die Lebensdauer der Birne zu verlängern.

Und wenn man dazu noch bedenkt, dass in- und außerhalb von Ortschaften Kühe, Ziegen, Hunde oder Hühner mit einer gewissen Regelmäßigkeit entweder auf der Straße liegen oder sie dann zu überqueren beginnen, wenn man sich ihnen nähert, mag man nachvollziehen, wie empfindsam ich war, als ich den Hauptsaal des Museums von Tanjore betrat.

Da also, am Ende des Raums, der künstlerische Höhepunkt der gesamten Reise: Es waren nicht die großartigen Tempel, die Tausende von hochwertigen Steinskulpturen, der überbordende Erfindungsreichtum nicht nur im Detail, sondern auch im Konzept – es war die Bronzefigur eines sogenannten Shiva Rishabavaganadeva. Eine jugendliche Göttergestalt, die sich mit entspannter Grazie an ihr Reittier, den Stier Nandi, lehnt. Diese Figur aus Metall war lebendiger als jeder Einzelne der anderen Museumsbesucher aus Fleisch und Blut. Problematisch allenfalls, da sie in einer angestaubten gläsernen Vitrine stand und nur schwer fotografiert werden konnte.

Da aber lief unser Führer zur Höchstform auf.

Gegen eine kleine Gebühr öffnete er den Kasten und ließ uns fotografieren. Ich konnte eine der großartigsten Skulpturen der Weltkultur mit meinen eigenen Händen in jede beliebige Richtung drehen, um so ihre besondere Qualität zu verstehen. Ich war begeistert, fast ehrfürchtig, hatte mein Verständnis von Kunst nachhaltig erweitert. Jeder nichtindische Museumsdirektor wäre an sofortigem Schlaganfall gestorben.

Das Sammeln wird wohl weitergehen – in welchem Bereich auch immer.

Ich habe den indischen Straßenverkehr überlebt, bin nicht von Khmer-Soldaten erschossen worden, bin in New York nicht verloren gegangen, bin immer heil nach Hause zurückgekommen.

Ich habe durch die Kunst anregende, aufregende Menschen kennengelernt, bewegende Erfahrungen gemacht. Ein großes Privileg.

In keiner Falle möchte ich lieber gefangen sein als in der Sammlerfalle.